馬華當代詩論

地景、擬象與現實詩學

辛金順——著

自序

　　這本書裡有關馬華詩歌的論文和一些評論,都是寫於我在2012年回馬後的一部份論述。大致上在之前漫長的留臺期間,我對馬華文學作品多少有些疏離,何況在臺灣的學術界,不論在大學尋找教職或升等,馬華文學的研究根本就不在學術評比的重視上,即使研究和發表,也不會有人關注,更何況我那時的專業還是在於中國現當代文學的領域。尤其在大量閱讀龐大的中國現當代小說作品和文學理論中,根本就沒有餘裕空出時間來關懷馬華文學。另一方面很現實的問題,馬華文學自獨立以來,創作的水平不高,語言有點粗糙,而且處處都有因襲和模擬中國與臺灣現代文學的作品,不論是語言、技巧,甚至意識創作表現,均可處處看到別人的影子在晃動。所以在覽讀了許多中國和臺灣現代文學作品後,放在同樣的創作平台上,馬華文學就難免會在評比中,被放逐到邊緣的研究位置上。雖然那時我仍然還持續著閱讀當代的馬華文學,只是沒有心力和餘力,或興趣去進行研究而已。

　　及至回到拉曼大學教書,回到馬來西亞,我覺得有職責重回到馬華文學的研究中來,重新翻撿馬華文學的作品。然後發覺這領域有許多未開發的議題,或可以從許多視角來進行思辯和討論。而在當代的寫作中,好的作品也還是有的,只是屬於那極小的部分,以及集中在那極少部分的創作者身上。當時我也發現,許多馬華文學的研究和詮釋,有不少落在中國三、四流,甚至不入流的學者手中,這些學者依靠一些馬華作者致贈的書,以及關

係，就可以「咄咄書空」，生產出一篇篇歌功頌德、空洞，或隔靴搔癢的文章。即使稍微好一些，也因為對馬華政、經、文化和教育的歷史演變背景不熟悉，導致在研究中無法深入和深刻議論；甚至有些還誤置了作者現象的問題。更多的是歸納作品和作品內容而不見論述的「論文」。至於在馬來西亞學院中的馬華文學研究者，有些也屬於這類現象，以歸納作品為主，卻不知論述為何物，以及無法辨思問題視角，以處理馬華文學所遇到的種種難處；也有少數一些則亂套西方理論，卻無知於理論都有各自固定的視角，以及所要處理和所要解決的議論。總之，在馬華文學學術生產上，本土學術是處於非常弱勢之中，無以也無能詮釋馬華文學問題的存有，到最後，卻只能淪為中國研究東南亞文學那些學者所收編，而成為一小無足輕重的區塊。

　　而學術最重要的目的，是在於發現議題，處理和解決問題。而不只是在陳述現象而已。無法思辯問題的存在而加以解決，這樣的學術難免讓人懷疑。這讓我想起了傅柯所謂的「學術源自於話語的實踐，以及位置和作用，它始終是用以改變世界和生命的意義」，我不知道如何改變世界的方法與意義，但至少它可以讓我理解何謂困惑，以及思辯問題的存在。而這些年來，為了馬華文學的存有意義與追尋，我策畫了幾個學術研討會，其中一個是有關於現代詩的議題。對於馬華現代詩，我那時認為有必要先清理出過去的野草藤蔓，才能開出一條更為清晰的創作路向來。當時因應著研討會的議題，而寫下了〈「時代的聲音？」──作為八〇年代後馬華「現實詩學」創作的一個省思〉以處理詩歌朗誦的作品普遍性與詩意／詩藝的問題。尤其當朗誦逐漸成了主體，成了聲光色影聚焦的光點，甚至已成了一種運動時，詩應該要如

何自處與回應這樣的現象？此一叩問其實是針對影響了馬華詩歌近二十年的「動地吟」朗誦作品，尤其「動地吟」越到後期，越趨向了節目表演的型態，成了某種秀場，「詩」更是隱沒在一片舞台聲光之show中了。而那也是我回馬後，第一篇處理馬華詩歌問題的論文。後來才衍生了〈「拼貼馬來西亞」──馬華詩歌中「地景」的想像與建構〉，以更全面的視野，觀照詩與家園，以及詩人的在地歸屬和依附感問題。所以大致上，從詩人們如何再現與建構自己的地誌書寫，可以窺探到詩人的身分認同之一面。因此我常會將這一類地誌詩創作視為一種廣義的「政治詩學」──尤其在馬來西亞，華人對土地的效忠或不效忠，常常會被政治檢驗，以確定認不認同國家，及作為子民的資格。因此，馬華詩人如何看待這問題，以及「馬來西亞」如何在詩中被召喚，似乎也就成了值得研究和思考的議題。同時，在討論這議題時，我又獨拈出了馬華寫實詩人吳岸，作為一個例證，而開出了另一論文：〈地景的再現──論吳岸詩中砂勞越的地誌書寫〉，以證成詩人是如何與土生土長的家園，產生戀地情結與存在之思。類此對土地的認同，彰顯了馬華詩人的國族情懷與國家意識的感覺結構，吳岸允為這方面的重要詩人代表，他對家鄉古晉，對婆羅洲的砂勞越是充滿著一份赤誠的熱愛，年輕時更曾經為砂勞越的獨立而付出了十年的牢獄歲月，他的詩是他的心聲，更是他對土地之愛的存在見證。

除此，我那時也在處理馬華現代詩的影響論問題，這無疑也涉及到了馬華現代詩的建構和如何被建構起來的探討。六〇年代期間，《蕉風》月刊扮演著重要的現代詩傳播角色，通過了引進大量的臺灣詩人「菁英式美學觀」的現代詩文體，詩人的創作

示範,再加上早期馬華留臺生的評論鼓吹,使得那些強調個性、抒發個人內心情感與精神的臺灣現代詩作,常被馬華年輕詩人模擬和效習,而後蔚為創作的大宗。易言之,馬華現代詩從早期就是通過吸收臺灣現代詩的養分而建立起來,故從一些馬華詩人的詩作裡,可以窺見余光中、周夢蝶、楊牧、洛夫、瘂弦、鄭愁予等人的詩作影子。其中以溫任平領／教導的「天狼星」詩社群的成員之創作最為明顯。他們不只於因襲和擬習臺灣現代詩作的修辭技巧,以及形式表現,也有少數一些,在毫無自覺中,將那些從中國遷移到臺灣的孤臣孽子移民心態與意識情感,也納入到創作裡,因而早期常有長江黃河、江南水湄、離騷屈原、長城狼煙等等的中國地誌典籍符號,甚至也有流亡意識在詩中流竄。所以為了釐清那時期馬華現代詩的創作現像,故才有了〈擬象與轉譯——論六、七〇年代臺灣現代詩對馬華現代詩的影響〉一文。實際上不僅於六、七〇年代現代詩創作的影響,臺灣在八〇年代中所風行的後現代詩,則對九〇年代中馬華後現代詩亦影響殊深,尤其夏宇、林群盛、陳克華、陳黎等人的創作,也曾被一時效習,而對於這樣的效習,我卻充滿著一些疑慮,畢竟一些後現代詩的創意在於形式,尤其語言的空間設計和策略,如夏宇的〈連連看〉,或陳黎的〈戰爭交響曲〉等,一旦效習其形式,無疑也將表示創作意義的完全喪失,惟這需要另一篇論文來處理了。

除了以上四篇有關於論馬華詩歌的論文外,書中另有七篇五千字以上的詩歌短評,雖然有些是以作為詩集序文的方式呈現,但評論的本質仍在,仍以詩人詩作做為評騭的標的,並經由詩作內容、修辭、形式、技藝與風格展現等等分出其之優劣,並由詩集作品推衍出馬華現代詩歌的創作之可能。這些短評大致上

是寫於2012年到2017年之間，只有〈詩情如水，笑色如花──論張永修詩集《給現代寫詩》〉一文是1996年的舊作。這些短評實際上也最能見出對一個詩人作品的評價和定位，這與議題探討的論文存著不一樣的書寫策略，它較能產生作品優劣的價值判斷，以及確立詩人創作美學的位置。

最後一篇〈光在詞語中安居──現代詩的詩意探尋〉則是旨在探討何謂現代詩的詩意問題。這也是做為詩歌創作者長久以來所要追索的光源。畢竟詩作若缺乏了詩意或詩性，難免會被譏為分行文，近年來因網路而興起一時的「流行詩」、「口語詩」、「雞湯詩」、「梨花詩」等等迴車鍵敲打出來之作，總難見詩意和詩性的存有，更甭談海德格所謂「詩意的棲居」那存在之思的形而上學之叩問了。而詩意做為衡量詩歌的尺度之一，總是與詩情、詩象、詩語（語言的肌理張力）和詩法（創作技藝）等組構成為一套詩學表述，因此詩意言說，從傳統古典詩迄今，在詩學中，仍是被極為重視的一個關鍵詞。這篇七千多字的小論，嘗試從五四以來到當今現代詩創作的詩意中去尋索軌跡。而詩意言說幾經轉折，其間蹤跡的衍繹／異，無疑是相當值得討論的課題。

總而言之，這本書所涵括的四篇論文，七篇詩人詩作短評，以及一篇有關於「詩意」的討論，組構成了此一詩歌論文集的內容。同時，為讓讀者更能瞭解各論文內涵，各文論摘要也安置如下，以便檢索：

第一篇〈拼貼「馬來西亞」──馬華詩歌中「地景」的想像與建構〉：

主要是探討馬華詩人如何去書寫自己腳踏的土地與家園。即

對自身存在的環境和國家,詩人如何以其認知、關愛和認同,展現出他們的書寫意向。這些書寫背後,又如何表述出馬華詩人對故鄉的歸屬感和依附感?詩的集體記憶,又如何呈現出馬華詩人的「在地感」與國家意識?

因此本文通過人文地理學(humanist geography)的視角,探討馬華詩人是通過怎樣的視角、觀念、記憶、情感與想像,來選擇、再現/建構、形塑他們土生土長的家園,或在地自然環境?而他們又以怎樣的意象展示、語言質感、詩學風格與創意表現,做為進入他們筆下地景(landscape)想像的路徑?召喚地方感覺,以及從這些地方符碼,拼貼出一個怎麼樣的「馬來西亞」圖景。

第二篇〈地景的再現——論吳岸詩中砂勞越的地誌書寫〉:

討論拉讓江詩人吳岸如何專注於地方感的挖掘、記錄與書寫,如其早期〈盾上的詩篇〉、〈達班樹的禮讚〉、〈重上拉讓江〉,到他晚近以一整本詩集敘述其故鄉古晉的共同存在感,以及巷道、街景、老屋、市貌等等的描繪,處處展現了他做為大馬詩人對鄉土家園的一份戀地情結(topophilia)與存在之思。因此本文試圖通過地誌書寫,探索吳岸如何透過其詩作,去感覺、想像、記憶其筆下的地方與地景敘述,又如何以其所建構的文學景觀與空間場域,透顯著內心對砂勞越的認同意識,由此,也探析出其這一類詩作的書寫意義來。

第三篇〈「時代的聲音?」——作為八〇年代後馬華「現實詩學」創作的一個省思〉:

本文嘗試通過「現實詩學」去探討八〇年代中以降,馬華

現代詩歌的另一脈轉折，尤其是游川和傅承得兩位詩人的創作演示。對應著國家政治、文化、經濟、教育制度不平等事件的發生，他們以平淺、明朗、清晰與質樸的詩歌語言，介入現實社會與政治的界域，以進行批判、抗議和譏諷。所以，在尋求強化詩文體的「現實」影響效力下，讓詩走向大眾化之中而成為大眾化的作品，由此企圖去發揮詩之現實精神表現，促動族群的省覺和凝塑精神結構。因此，詩最後必然要脫離私領域，而從文字書寫掙脫出來，以公共語言／廣場聲音走入民間／群眾，並讓朗誦連結著群眾共同的情感記憶與文化價值觀，以達至族群集體意識的認同與共鳴。是以，在追求「現實詩學」與「時代的聲音」之創作理念，八〇年代末詩歌的聲音演出，到九〇年代中的「動地吟」，無疑成了這類詩歌必然形成的「現實追求」趨向，並在共同的感覺結構中裡，影響了一些年輕詩人的創作理念和詩觀。

而這一類詩的紛紛出現，雖然將豐富了馬華新詩的作品與詩史的內容。然而，就詩的創作藝術水平提升，以及詩意的追求上，這類詩，是否將會形成某種陷落呢？對馬華新詩長遠發展而言，是否有好處？這是本文想要進行深入討論的問題。

第四篇〈擬象與轉繹——論六、七〇年代臺灣現代詩對馬華現代詩的影響〉：

本文企圖通過馬華現代詩自六〇年代至七〇年代的三大轉折，以去回顧和探析馬華現代詩是在怎樣的歷史情境中，移植和轉繹了臺灣現代詩的現代主義語言與修辭技藝，又在怎樣的文學脈絡之下，展現出其被臺灣現代詩影響的蹤跡。馬華現代詩與臺灣現代詩的詩文體關係如何？而從詩類型的知識轉型中，馬華現

代詩是在建構,或被建構?或趨向一種怎麼樣的建構/被建構、轉向,和再/被建構的狀態中?它是否有可能與本土空間進行對應關係?換句話說,馬華現代詩的「馬華」性是否存在?《蕉風》月刊在六〇年代初所掀起馬華現代詩運動,以針對(社會)現實文學進行反擊,或美學位置的替代,是否純美學事件?及至七〇年代,馬華現代詩企圖尋找本土化,是否成功?而現代詩所歧出的「中國性」表述,在天狼星詩社的推動中,又將馬華現代詩帶到了哪個路向?馬華現代詩在臺灣現代詩的傳播空間,其之可能性又在哪裡?這是本文企圖在回顧和追蹤現代詩轉折取向過程,初步所要尋找的答案。

第五篇〈告別諸神的黃昏——論李宗舜詩集《笨珍海岸》的日常生活〉:

　　本文嘗試通過日常生活理論,探討李宗舜詩集《笨珍海岸》的書寫意識。李宗舜創作新詩四十多年,從天狼星詩社和神州詩社時期的古典婉約詩風,到了回馬後停筆多年的重新出發,詩作逐漸正視現實生活的場景,詩的語言亦隨之而變,及至出版《笨珍海岸》此一詩集,其詩歌關注點,更傾向於日常生活的書寫,以及回歸本土的瞻望。其詩語言明朗,技巧通透,並以實際的生活經驗與人生歷練,為詩歌創作銘刻下自我的風格。

第六篇〈古典之懷,時間之悼——論雷似痴詩集《尋菊》中的古典想像〉:

　　本文主要評論天狼星詩社社員雷似痴《尋菊》詩集中的古典中國意識與意象。這是天狼星詩社社員在創作中,受到臺灣「藍

星」詩派「橫的移植」之詩風與語言影響。移植的文化鄉愁,隱匿於中國性的詩意象之中,如「菊花」、「琵琶」等,或一些中國地誌如「長江」、「長白山」、「萬里長城」等文化想像,類此文化孺慕欲望,呈現出詩人的存在處境——文化流放的荒原情態。他們的詩歌創作語言陷入了古典語言系統,並購成了一種「匿名傳統」。本文也指出,類此詩作,正也是天狼星詩社類型的創作思維和語言表述方式,一個集體潛意識下,文化追尋的展望和展現。

第七篇〈死亡,以及一些存在的聲音——論黃遠雄詩選(2008-2014年)的詩作〉:

本文是從死亡的存在視角,探討黃遠雄晚期詩歌創作中的生命面向。詩人及耆,不得不正視死亡的現實,那不純只是現象學的一個課題,也是生命必須面臨的存在情態。而黃遠雄晚期的詩作,是如何呈現出死亡的感知?對於阿多諾(Horkheimer Adorno)所稱謂的「陌生的無名之物」,詩作中又如何被捕捉和處裡?這樣的書寫,對詩言主體的意義揭示又在哪裡?這是本文最主要的討論核心了。

第八篇〈叩門的回響——讀沙禽詩集《沉思者的叩門》〉:

本文指出沙禽的詩作,形成兩個面向的姿態,其一即需面對詩的藝術殿堂,另其一則是對自我存在的探尋。這一如波特萊爾的冥思者,從詩的藝術一端出發,向藝術的另一端,尋找時代的光影,與觀照生命的變動。此外,本文也探析了沙禽詩歌的語言與內在音節,而揭示出沙禽的詩作,處處呈現著迴環跌宕的詩

句,或以重複(類疊),製造詩歌的音節;或調動複韻產生詩的韻律感,並衍生出詩的音樂性,一種類似民謠風的詩意呈現。這是沙禽詩歌的特色,並構成了其詩的風格。

第九篇〈詩的最初儀式——讀賴殖康詩集《過客書》〉:
　　本文探索賴殖康詩集《過客書》的三個創作階段:校園時期的私我抒情;邁出社會的現實關懷,以及政治的批判。詩歌語言也從古典趨向了平實的質地,這凸顯出詩人創作的一種遞變。同時指出其詩作具有揭示性和關照性,屬於一個可以期待的年輕詩者。

第十篇〈同志腔調:詩身／聲獻技——論黃龍坤詩集《小三》〉:
　　本文主要在於討論黃龍坤詩集《小三》中所展現的詩歌聲調與姿態。揭示詩人是如何通過社交媒體如臉書的取材和文字戲謔,展現出一種詩學技藝,通過網絡語言的詩感、題材去煉就他的詩歌創作特質。此外也探討這本詩集中的同志聲音,即詩人如何為同志的情欲和命運發聲,而這一類詩歌,在比較封閉性的馬華社會,將會形成怎樣的迴響?詩人在同志認同詩學中,如何操作同志的議題,去抵抗整個傳統社會倫理的圍困,在以詩歌展示同志主體的同時,又在創作中形成怎麼樣的一種存在意義?

第十一篇〈詩情如水,笑色如花——論張永修詩集《給現代寫詩》〉:
　　本文為一篇張永修《給現代寫詩》詩集的序文。文中論及了詩人在詩中抒情意象的晶瑩剔透,別有特色。其詩風婉約,處處

懷情,而且行筆凝煉,蘊蓄溫婉而不露,詩風別有韻致。但有些詩也有敗筆之處,尤其涉及政治意識之作,常會陷入一種直白的吶喊,或淪為訊息工具。此文有褒揚也有批評,以期作到序文應有的理式。

第十二篇〈光在詞語中安居——現代詩的詩意探尋〉:

何謂現代詩的詩意?本文綜輯自五四以來新詩的詩意追尋,並比較古詩與新詩的詩意之迥異。不論是從語言、格律、內在音節、意象等等,追索詩意在不同時代的蹤跡。而詩歌的口語化,可否產生詩意的可能?如可能,則其可能的表現在哪裡?至於「是詩」與「非詩」,其界線又在哪裡?在現代詩學,或後現代詩學,其詩意是否類似?這些詩意,放在現實詩學中,是否可被接受?這都是本文所需要處理的問題。

最後這本論文集能夠出版,必須感謝秀威資訊出版社的支持,也感謝負責此書編輯的孟人玉小姐,以及校注建議和協助的吳霽恆小姐。是為序。

目次
CONTENTS

003 ｜ 自序

017 ｜ 拼貼「馬來西亞」
　　　——馬華詩歌中「地景」的想像與建構

051 ｜ 地景的再現
　　　——論吳岸詩中砂勞越的地誌書寫

072 ｜「時代的聲音？」
　　　——作為八〇年代後馬華「現實詩學」創作的一個省思

099 ｜ 擬象與轉繹
　　　——論六、七〇年代臺灣現代詩對馬華現代詩的影響

130 ｜ 告別諸神的黃昏
　　　——論李宗舜詩集《笨珍海岸》的日常生活

142 ｜ 古典之懷，時間之悼
　　　——論雷似痴詩集《尋菊》中的古典想像

149 | 死亡，以及一些存在的聲音
　　　——論黃遠雄詩選（2008-2014年）的詩作

157 | 叩門的回響
　　　——讀沙禽詩集《沉思者的叩門》

163 | 詩的最初儀式
　　　——讀賴殖康詩集《過客書》

172 | 同志腔調：詩身／聲獻技
　　　——論黃龍坤詩集《小三》

183 | 詩情如水，笑色如花
　　　——論張永修詩集《給現代寫詩》

192 | 光在詞語中安居
　　　——現代詩的詩意探尋

205 | 發表與刊登出處

拼貼「馬來西亞」

──馬華詩歌中「地景」的想像與建構

前言

> 馬來西亞啊！告訴我，馬來西亞
> 該用怎樣的語言
> 怎樣的節奏和音量才能歌頌你
> 遼闊無比的胸膛
>
> （傅承得〈告訴我，馬來西亞〉）

詩寫「馬來西亞」，一直是馬華現代詩人所關注的重要書寫主題。不論是從整體，或局部，從小鎮、城市，甚至州里，歷來都有詩人依據著他們腳踏的土地，或生長／生活的地方，描繪與其生命發生連繫，產生親密感、生活經驗與存在之所。而那些被繪述之地／景，自然是具有其敘述的主體認知與情感的意義。換句話說，詩人們對自己居住的地方產生依附（attachment）和根植（rootedness）的感覺[1]，自然的，在他們的詩裡，也會展現出

---

[1] 段義孚（Tuan Yi-Fu）認為，透過了人的感知和經驗，可經由「地方」，來認識世界。因為人與地方存在著情感，所以才會產生地方／鄉土之愛（topophilia），而人與鄉土的情感連繫，是一種根植與依附性，它也讓一個地方，成為「關照場域」（field of care），使使人與人在此一空間，形成親切的關連，而產生對那地方的認同意識。相關討論，參見Tim Cresswell著，王志弘、徐苔玲譯：《地方：記憶、想像與認同》（臺北：

那一分對本土／在地的關懷。而每個地方有每個地方的特色與景物，在時間流動中，經由生命體驗、回憶、歷史等等，一一再現為書寫中的景觀，這些被書寫的景觀，已不再等同於地理學上的圖象，或旅遊導覽指南中的景物，而是具有詩人的歲月、情感、認知和理想等等融涵在內的意念，是一種來自「內發性」的構象（conception）展示，以反映出自我和地方之間的屬性關係。

因此，馬來西亞的詩人，處於自己的存在空間，他們是如何去觀看、建構、展示與自我生命相依存之地？以及對地方的思考、想像、描繪，表現出了一種怎樣的情感與屬性認同？另一方面，從內在的體驗，或外部的觀看，詩人再現自我的存在之所，或「鄉土愛」（topophilia）[2]，是經由怎樣的意象展示、語言質感、詩學風格與創意表現，做為進入他們筆下地景（landscape）想像的路徑？召喚地方感覺，並企圖從這些地方標誌與符碼，拼貼出一個怎麼樣的「馬來西亞」圖景？

一、

在馬來西亞尚未獨立之前，做為一個「國家前史」[3]——被英國殖民下的馬來亞，一般上只被中國南方遷移而來的華人視為

群學出版社，2006年），頁34-36。

[2] 同前註。

[3] 「馬來亞」（包含新加坡）脫離英國殖民，並獨立建國於1957年8月31日。而後於1963年9月16日，馬來亞聯合邦聯同沙巴、砂勞越以及新加坡，合拼共組「馬來西亞」。故作為一個具有國籍的歷史，馬來亞的歷史是自1957年開始。因此，以國史為準，則在成為獨立國之前的歷史，大致上都可以被稱為「國家前史」。

僑居之地。這些人大部分均存在著過客心態，他們將自己視為旅居者，而非定居者[4]，過洋南渡，終其目的無非是為了獲取財富，而後衣錦還鄉。故其等「精神場域」，仍是以中國做為他們唯一的依據。南洋，以及過後被改稱為地理概念明確的「馬來亞」，依舊不是他們所關心的場所。尤其是在不具有任何主權之下的情景，他們從來不會去思考到身分與歸屬的問題。因此，在這樣的集體心理狀態中，他們對自己當下生活著的土地，視為一個陌異的他鄉，即使有詩有文，或對本土的描述，也只是：「巍巍高樓低低『答屋』誰個是我家／黑的白的高低的人種不同中國」及「這裡的番話呀又是『哩哩啦啦哩哩啦啦』／『哩哩啦啦』我不懂得他是要何方向」[5]，怪異的情景、語言、族群等，勾起了他們處在異鄉背後更龐大的思親與鄉愁之情。故南島的風景，只是異國的情調[6]，他們也只是流寓中的過客，在馬來半島上，唯有祖國之思，才能慰藉他們身在異鄉的虛無與寂寥感。

而在三〇年代，比較有意識去書寫馬來亞的，應推出生於霹靂州實兆遠（setiawan）的九葉派詩人——杜運燮（1918-2002）。做為一個具有本土生活體驗與成長歷程的詩人，即使已離開「馬來亞」八年[7]，然而在回顧的姿態中，對於故鄉的記憶與懷念，

---

[4] 顏清煌著，粟明鮮等譯：《新馬華人社會史》（北京：中國華僑出版公司，1991年），頁265。
[5] 殘痕：〈車夫的哀歌〉，《南洋商報・詩》，1927年11月2日。
[6] 溫梓川在〈海濱〉一詩，對於當時的檳城做了這樣的描述：「哦！這迷人的異國情調／哦！這醉人的南島風情／椰林羞對嬌豔的夕陽／我忘不了我心落的海濱……」，見《南洋商報・海絲》，1929年6月15日。
[7] 杜運燮在實兆遠市中正學校完成初中學業後，即在1934年負笈中國大陸福州三一中學唸高中，及至1942年他在昆明西南聯大讀外語系三年級時，寫出了〈馬來亞〉一詩，斯時，他已經離馬八年之久了。參閱

依然濃郁難解,加上當時日本帝國主義的侵略與殘暴的行為,使得「馬來亞」在蝗軍的鐵蹄之下,深受踐躪之苦,故其因此有感而寫下了那首充滿著南洋符碼與色彩的〈馬來亞〉。這首詩可以說是馬來西亞獨立之前,最能反映出「馬來亞」地理標誌、歷史感、族群意識與地方特質的新詩作。從此詩的第一段,即形象化的描繪出了「馬來亞」的形狀、地理位置、富饒之產、殖民下的族群階級現象:

> 飽滿的錢袋,吊在東南亞米倉的肚下
> 一片水隔成兩個洋;「獅子」守著袋底
> 吞吐人類的必須品和裝飾;南望東印度的
> 蔗林和瀟灑的金雞納樹;向東西看
> 遠遠,紅種人漸漸變為「保留地」裡
> 展覽的品種,黑種人仍舊是奴隸

詩人以「飽滿的錢袋」,非常具體的譬喻出這個被中國南來移民稱為「黃金半島」的地方,它是懸掛在具有「東南亞米倉」之稱的泰國下方,而且在「馬來亞」之下,隔著一條短短的海峽,卻有蹲著兩隻洋獅子的新加坡守住「錢袋」,從「南望」到「東西看」,不但標誌著「馬來亞」(含新加坡)的地理/地形位置,通過歷史視域空間,更揭示出了英殖民者的霸權、族群階級與壓迫現象;此外,英國東印度公司對印度與「馬來亞」天然資產的搜括,以及將印度人與馬來人奴隸化,無不成了詩中批判

游友基選編:《九葉詩人社運變研究資料選》(海峽文藝出版社,2018年),頁10-16。

焦點。所以,從這方面還看,它相當明確的繪制了「馬來亞」當時的地圖,同時也標示出了詩言主體的位置。然而,做為一首地誌詩,其最引人矚目的,還是其詩中第三、四、五段對馬來亞情境的描寫:

  一尺長的香蕉,枕頭大的波羅蜜,晶米啦
  榴槤迷人的香味,幾十步外就要你垂涎
  紅毛丹的水紅、粉紅、火紅;山竹紫得化不開
  緊包住甜脆雪白的肥瓣;還有那蘭沙杜果,一咕嚕就連核
  溜進你的胃底
  芭漿、芒果,金黃的甜汁泛濫在口裡

  帶橡皮的大象
  吸滿污水練習射擊;鱷魚偶爾躺上沙灘
  晒太陽,猿猴假裝聰明,呼嘯著遊進
  綠葉深處;貓頭鷹開了燈躲住不響
  大蝙蝠掛在枯枝上
  像晾著的燒鴨
  「布袋」隨風搖晃,沒有人想到那也是「家」

  四腳蛇有雞肉的美味;鯧魚如顏色碟
  林中古潭裡有漆黑的大鯰魚,強橫的
  土鰂,當海潮消退,鹹水木地叢林裡
  有陳堆的圣,充血的蚶,碗大的蟶和蠔
  剖開半熟的椰子,吃冰淇淋般的嫩椰漿

劈斷大藤條,流糖水,喝得你發唸[8]

　　從熱帶各種各類的本土水果、動物到植物等的繪寫,由視覺、觸覺、味覺意象等陳述／表現出來,相當生動的將「馬來亞」組構成一個充滿著原始、純樸、蓊鬱富饒的世界。除此之外,詩裡亦涉及了巫術、大伯公與白母象等民間宗教信仰,而由此符號,將此一地方隱喻成宗教信仰自由之所,各族也在自己的宗教信仰下,彼此和諧相處。所以,從這首詩裡,不難窺見詩人是充滿著熾烈的情感,即使當時詩人是處於「不在場」的狀況,然而在遙望中,記憶與想像所賦予的抒情空間,無疑更能展現出「馬來亞」的自然情態。如浪漫詩人所讚頌的,那是「夢的天堂」、「渡蜜月的桃源」、「讓人發瘋的天地」,是詩。而詩人在詩裡的蹤跡,更是無所不在。尤其面對被喻為「布袋」的家,面臨著日本帝國殘酷的侵略與殖民,面臨「刺刀的嗜血」與「被摘下」的危險處境,詩人的憂患意識,噴薄而出,呈現了其念茲在茲的,還是自己所出生與成長的「故鄉」——「馬來亞」。

　　所以,從〈馬來亞〉一詩所大量拼貼的南洋符號,明顯可見,「馬來亞」的被想像與被建構,都是建立在詩人的認知歸屬中,那裡頭有詩人的在地常識、生活經驗、歷史感與記憶痕跡,它形成了一種召喚,讓詩人的經驗與感知再現,通過許多南洋的熱帶符號,陳述了其對「馬來亞」此一土地之關照意向與認同感,與此同時,也召喚著具有共同經驗／讀者的想像,企圖以此去凝聚一個集體力量,來對抗帝國主義者的殖民、壓迫與戮害。

---

[8] 杜運燮:《南音集》(新加坡:文學書屋,1984年),頁22。

然而，做為一首馬來西亞獨立前的詩，它的無國籍身分，只能被擱置在國史之外，而成為「史前史」的作品。唯此詩已具有以土地召喚國族想像的重要象徵，詩中所呈現的社群想像（馬來人、華人與印度人共同抗日），亦彰顯出了國族運動的可能產生。因此，在論述馬華現代詩如何去想像與建構馬來西亞的圖景，則無法繞過這首詩，或無視於其之存在。無疑的，它可以被視為一塊碑石，篆錄（description）著馬來亞在邁向獨立過程中的一個景象，同時也反映出了，一個華裔子民對其所生所長的土地之屬性認同。雖然這分認同，是在「國家前史」時期——無國籍狀態之下產生的。

二、

　　至於，作為獨立後，有了自己國家歷史之後的馬來西亞，詩人們是如何去敘述及重組其與土地之間的想像關係？關於國境之內，各地方的景觀、物象、風俗民情與歷史記憶等，將以怎樣的方式被詩所召喚，或被編碼與建構成為一個具有意義和價值的中心？

　　一直以來，對於「以血命名之土」（tanah tumpah darah ku），華人的效忠性常一再被馬來政權提起與質疑：不愛國。這樣的現象，其實在馬來亞獨立前的一些詩人就曾經發覺與做過自我的省思，因此他們在1956年3月提出了「愛國主義」的認知，並第一次強調對「馬來亞祖國」認同的重要[9]。是以，加強馬來亞人民的國

---

[9] 「愛國主義」做為文學中的口號，是在1956年3月18日由新加坡文化協會所提出的〈全星文化界響應獨立運動宣言〉一文先後。而且在〈宣言〉中，「馬來亞祖國」這一國家觀念也被建立起來。詩壇紛紛響應詩歌創

家觀念，激發人民的愛國精神，幾乎成了當時創作的主旋律。最明顯的是原甸（1940-）在1959年所寫的〈我們的家鄉是座萬寶山〉，以格律體，寫實的拼貼出了馬來亞各州富饒的土地與蕉風椰雨的景色：從吉打州的米倉、檳榔嶼的山高綠水、霹靂河的礦藏、雪蘭莪與吉隆坡的朝陽、森美蘭波德申的蔚藍海灣，在「終年炎熱的赤道上」，貫串成了「一顆光輝燦爛的寶石」。詩人對「馬來亞」空間的想像與地方的感性陳述，聚焦於各地豐富的天然資源與山光水色，其以俯瞰的視覺向度，從外掃描這些地方的景物，由此呈現出了主體經驗感知下的地方符號，如：稻倉、榴槤、橡林膠山、錫礦、升旗山等等，組構了一幅「馬來亞」獨特的圖景，也以此表現出一分認同的意向。如詩裡用直白語言所揭示的，這個「豬仔們夢裡的天堂」，「也是祖先含淚躺下的墓場」：

你稱呼它「世界的錫倉」
你稱呼他「世界的橡膠園」
椰風飄過榴槤的芬芳
我們都驕傲的稱它：「家鄉！家鄉！」[10]

作需正視本土情感與景觀。在這樣的意識指導下，當時創作出類此題材的的佳作有米軍的〈跳玲瓏〉，呈現出華、巫、印三大民族在椰樹、膠林與山丘間共舞的合諧關係；以及杜紅的〈我不能離開你，我的母親土地〉，傾訴著其對「祖先樂園與墓地」的「馬來亞」之熾烈情感與摯愛；原甸〈我們的家鄉是座萬寶山〉陳述豐裕富饒的天然資產與美麗的景緻等等。參考鍾祺：〈戰後馬華詩歌發展一瞥〉，收入趙戎編：《新馬華文學大系・史料》（新加坡：文化印務公司，1971年），頁59-87。

[10] 周粲編選：《新馬華文學大系・詩歌》（新加坡：教育出版社，1971年），頁237。

詩人編制了一個「萬寶山」的家鄉，以濃厚的意識形態與頌歌形式，召喚讀者進入一個共同的夢境、想像、情感與歸屬認同。而這首詩也因為具有建構本土化與在地文學的內涵，所以一直被選入了獨中的華文教科書裡[11]，做為培養學生愛國情操的範本。雖然，其所繪製的地方圖象，充滿著意識形態的符碼，但作為一首頌歌式的家園書寫，如大衛・哈維（David Harvey）所指出的，它具有成為集體記憶的場域，即連接一群人與相同經驗／記憶，或感覺結構者，創造出一個認同的場址[12]。所以此詩，在五〇年代末馬來亞剛獨立不久，大家正確定本土認同的時期，無疑是具有相當大的感染力量的。

同此時刻，另一位詩人李販漁（1941-1998）也寫了一首〈我站立在祖國的土地上〉[13]，繪寫了赤道邊緣的馬來亞圖景，詩中以同樣的南洋符碼如：椰樹、膠林、錫礦、稻米、蕉葉、榴槤、大漢山、霹靂河、東海岸等，編制了一個赤道空間與地方關照場域，由此而去陳述出一分政治正確的認同感。然而，由於詩中所呈現的地方意義並無深刻化，以致此作成了一首吶喊式的口號詩。唯一可取的，從這首詩中，可以窺見那時期「祖國－馬來亞」此一符號不斷的被強調，顯示了那時「愛國主義」國族計畫

---

[11] 原句〈我們的家鄉是座萬寶山〉被選入由馬來西亞董總所編輯的《華文初中二（上）》的課程內。其被選入，主要還是因為符合了「激起學生對馬來西亞祖國熱愛」的標準。

[12] David Harvey著，王志弘譯："Between Space and Time: Reflections on the Geographica Imagination"〈時空之間──關於地理學想像的省思〉，收入夏鑄九、王志弘編：《空間的文化形式與社會理論讀本》（臺北：明文書局，1999年），頁65。

[13] 李販漁：〈我永遠站立在祖國土地上〉，收入周粲編選：《新馬華文學大系・詩歌》（新加坡：教育出版社，1971年），頁297-398。

的鼓動,以及在華人社群中的傳播,可謂為相當的成功[14]。

就馬來亞獨立前後,「祖國」這國家符號的指涉,已經慢慢從「中國」轉向了「馬來亞」的認定了。一如在1956年的「愛國主義文學座談會」上,文藝界一致認為「馬來亞」是祖國的觀念,在文學創作上,也需要以「馬來亞」為背景,去反映出當前的現實狀況[15]。所以,做為一個具有「政治認同空間」的概念,「祖國」此一符徵,指涉出了「一個新興國家的衍生」,而不再是「父祖之國」(fatherland),這一分政治認同的轉向,使得「馬來亞」獨立後,「中國」完全被土生土長的華裔子弟,放逐出去,而成了「他鄉」。而東馬詩人吳岸(1937-)在1957年所寫的一首詩:〈祖國〉,最能表現出這份政治認同轉向的意念:當母親要他永遠記得,「祖國」是那遠方「泥土裡埋著祖宗枯骨」,如「夢裡天堂」的中國時,詩人的回應卻是:

我永遠記得──可是母親,再見了

我的祖國也在向我呼喚
她在我腳下,不在彼岸

---

[14] 1956年,在一場由《人間雜誌》所辦的「愛國主義」的文學座談會中,邀請了各文藝界代表進行對話,並有人提及,由於一部分馬來人質疑華人對馬來亞的效忠,所以反對華人獲取公民權。因此華人必須清除掉「華僑」的觀念,一心認定馬來亞是祖國。而且在一致的共識下,他們認為文字上的「祖國」概念,需以馬來亞稱之,而非「中國」。參見李橫記錄:〈「愛國主義」文學座談會〉,收入趙戎編:《新馬華文學大系・史料》(新加坡:文化印務公司,1971年),頁107-112。

[15] 同前註。

> 在蕉風椰雨的炎熱的土地呵
> 這狂濤衝擊著的陰暗的海島呵[16]

「祖國」的意義符號之於形成價值中心，是因為它不但具有一個可實踐的生活空間，而且也是涵蘊詩言主體的生命與心靈史之處。易言之，唯有出生與成長的地方，充滿著記憶之土的，才可稱為「祖國」。雖然，布蘭南（Brennan Timothy）曾就語言學上，針對「祖國」這個概念指出，它具有矛盾修飾法（oxymoron）。一般上在提及國家時，常會將「祖」與「國」兩種意義混為一談：「現代的民族國家以及更久遠而模糊的東西……一個區域性的社群、住所、家庭、歸屬的狀態等」（Brennan Timothy, 1990:45）[17]，但對於處在族群政治的馬來亞華裔而言，他們必須假借「祖國」這概念，將「中國」置換成「馬來亞」，以表示他們效忠的赤誠度。因此，母親的「祖國」——中國，不再同於吳岸所認定的「祖國」——砂勞越。故詩人才會在詩中強調「祖宗的骨埋在他們的鄉土裡／我的骨要埋在我的鄉土裡！」。這樣直接的表述，宣示著主體政治意向的同時，也呈現了詩人的身分與屬性認同，是在他腳踏下的土地，而不是在「彼岸」充滿著想像的中國。

因此，強調以「馬來亞身分」對「此時此地」[18]進行書寫的

---

[16] 吳岸：《盾上的詩篇》（香港：新月出版社，1962年），頁10。

[17] 參閱Brennan Timothy, "The National Longing for Form" in *Nation and Narration*, ed. Homi. K. Bhabha(New York: Routledge, 1st Edition, 1990), pp.44-70.

[18] 在五〇年代末，馬華文藝界對於如何表現文學的本地化非常的關心。如刊登於《蕉風》月刊二十期與二十二期的〈漫談馬華文藝——文藝座談會之一〉與〈漫談馬華文藝——文藝座談會之二〉，就有「馬華文藝要

文藝政策，無疑影響了不少詩人將視域置於本土的觀照上，使得詩歌創作傾向反映馬華現實生活為主，以及要求能表現出地域性、時代性與歷史性的特色來。如杜紅寫於1959年〈錫的故事〉，敘述大漢山脈下彭亨河流域採錫的生活狀況，一邊描寫馬來亞資源的富饒，卻被外國人肆意掠奪；一邊譴責馬來族群的慵懶，使得國家經濟落後，讓婦女曝於烈陽下淘洗琉瑯度日。

　　詩中從馬來亞最主要的山脈與長河寫起，凸顯出了地方、人民、生活匯聚而成的空間認同，而這樣的感知，只有來自寓居者的家園關照，才會在詩中表現出了那一分「風兒在山頭打轉／日月窺伺這豐富寶藏／雨水把石灰岩挖穿／企圖把錫米偷光」[19]的危機意識感。因此，由「土地」、「錫米」、「大漢山」、「彭亨河」等符號，做為召喚馬來亞的想像，以及關照場域的書寫，彰顯當時詩人對「祖國」——馬來亞的「鄉土愛」之一種表現方式。而這樣熱愛「祖國」——馬來亞的意識形態創作，充斥了五〇年代末的馬華詩壇。它最大的功用，無非就是為了喚醒更多華人對馬來亞這塊土地的效忠意識。

　　所以國家的獨立，身分的認同，歸屬的確定，使得「僑民」觀念在馬來亞國家意識的鞏固下，逐漸被廓清出去。尤其華人在擁有了公民權之後，「祖國」——馬來亞已經成了不需要再被宣示、強調、以凸顯出自己的忠誠度來。至於，對獨立後土生土長的華裔子

　　強調以馬來亞人的身分去寫」及「馬華文藝應該反映出此時此地的華人生活習慣，思想意識等；而作者必須充分了解此時此地的政治、經濟、文化、地理、民族、氣候……。」（參閱趙戎編：《新馬華文學大系·史料》，頁115、118。）這樣馬來亞化的文藝創作觀念，充斥了當時的整個馬華文壇。

[19] 杜紅：〈錫的故事〉，收入周粲編選：《新馬華文學大系·詩歌》，頁92。

弟而言，國族的屬性認知，是不是已經不再成為一個政治問題了？

三、

1963年9月16日，英屬新加坡、北婆羅洲的沙巴、砂勞越與馬來亞聯邦合拼，而成立了馬來西亞。1965年8月9日，馬來西亞眾議院則通過了一項憲法修正案，讓新加坡脫離馬來西亞而獨立。而就國族建構的進程上，在組合與離去／棄間，則創造了一種歷史記憶，就如安達亞（B. W. Antaya）所指出的，馬來人企圖融入一個超越傳統的「吉羅善」（kerajaan）國家實體之中，以成為「土地之子」（anak bumiputera）——國家的主人[20]。華裔子弟即使被賦予公民的權利，但實際上，隨著國家政策越趨向庇護「土地之子」，使得華人在公民的權益上，愈顯削弱。最明顯的是，自從國家新經濟政策在七〇年代初實施以來，做為消除貧困和重整經濟結構，平衡各種族之間的經濟差異與貧富鴻溝，以至於政府要求在二十年內讓馬來土著至少獲得全國資本擁有權達百分之三十；並為了讓更多「土地之子」有機會接受高等教育，而實施教育固打（quota）制，以種族人口為比率，而非成績表現為大學錄取的標準；再加上馬來官僚群的行政偏差，使得華裔子弟面對到政策上種種不平等的對待，而產生了相當大的失落感。

而曾經當任過馬華總會長的翁詩杰（1954-），在八〇年代初期，回顧著他從七〇年代一路成長過程所遇到的族群團結美好宣言，然而現實中卻處處政策偏差，不無感嘆的在他的書信體小

---

[20] 芭芭拉・沃森・安達婭（B. W. Antaya）著，黃秋迪譯：《馬來西亞》（History of Malaysia）（北京：中國大百科全書出版社，2010年），頁335-341。

說中做出了這樣的控訴:

> 你說,自踏入小學一年級開始,每年都聽到老師們似留聲機般地說華、巫、印大團結。進入大學,你才知道裡面的種族保壘是那麼牢不可破。……這是個固打制度,反叛的時代。我們最能適應環境的忍性、韌性只換取到整個民族權益的日漸淪喪。[21]

大學內所投射出的社會縮影,反映了華裔子弟在權益的不公與失落中,一分無可奈何的憤慨。就如目前任南方學院大學校長的祝家華,在唸理大時所寫的一篇文章中,提及從小到大他都被教導祖國是由三大民族團結一致爭取到獨立的,可是實際的狀況,華裔子弟卻常須面臨種族偏見與歧視對待[22]。而這種悲憤情緒,在八〇年代中,幾乎成了一股莫之能禦的憂患意識。尤其是在1987年發生了茅草行動後,華裔知識分子均深感如在水深火熱之中,像傅承得就曾坦言,其當時所寫的詩,是充滿著狐疑、憤懣、失望、擔憂,甚至恐懼的[23]。是以,在那段時期,不論散文或詩歌,總是充斥著風雨、雷鳴、膚色、燈火、暗夜、候鳥與土地等等隱喻符號,以顯示華裔身分認同被質疑的創傷心理。方昂(1953-)這首寫給自己的詩,最能表現出當時華人的存在處境:

---

[21] 當時翁詩杰以方野的筆名,在〈龍種魂〉一文中發出了這樣的慨嘆。見《文道》1982年6月第18期,頁22。
[22] 祝家華:〈憂憂綠水〉,收入氏著:《熙攘在人間》(吉隆坡:十方出版社,1992年),頁147。
[23] 傅承得:〈自序〉,收入氏著:《趕在風雨之前》(吉隆坡:千秋出版社,1988年),頁1。

> 又有人說我們是移民了
> 說我們仍然
> 念念另一塊土地
> 說我們仍然私藏另一條臍帶
> 這是個風雨如晦的年代
> 該不該我們都問問自己
> 究竟,我們愛不愛這塊土地
> 還是我們去問問他們
> 如果土地不承認她的兒女
> 兒女,如何傾注心中的愛?[24]

對於親愛的土地——馬來西亞,永恆的河山,在政策不公不平之下,也開始成了問號。而問號詰問問號,在傅承得(1959-)的詩裡,卻成了「你們愛不愛馬來西亞?」:

> 我們愛不愛馬來西亞?
> 當養育,只記得膚色
> 當讚賞,只記得語言
> 當用餐,只記得用具
> 我們愛不愛您,馬來西亞?[25]

---

[24] 方昂〈給HCK〉寫於1986年。HCK是方昂原名的縮寫。該詩收入氏著:《鳥權》(吉隆坡:千秋出版社,1990年),頁56。
[25] 傅承得:〈因為這個國家〉,收入氏著:《有夢如刀》(吉隆坡:千秋出版社,1995年),頁9。

馬來西亞在此已不只完全指涉空間，而是一個政體，或國體，它被雙重編碼（double encoding）而成為一個充滿政治性的想像圖景。但不論是地理或政治，「馬來西亞」在詩裡成了一個欲望投射的象徵符碼，成了一個被期待能擁有公正與公平的政治空間；以及提供歸屬感的地方。因此，當政策是以「膚色」與「語言」來區分族群間的主與客，或自我與他者時，則悲憤之情與憂患之思，遂成了華裔群體間矛盾的糾結情緒，也形成了身分認同後的另一種問號：我愛馬來西亞，馬來西亞愛我嗎？

此外，傅承得在另一首詩〈馬來西亞注〉，卻為他自己的提問，給予了一個肯定的答案：

歷史在刀尖上思量
晝夜在海岸冥想
黑暗的土地
黃金之邦
我開始茫然

我開始豁朗
刀尖能劃破黑暗
海岸能鍍染金黃
信心長在，愛心不亡
馬來西亞，我永恆的河山

從茫然到豁朗，這一心理轉折，呈現出詩人對未來改革理想的信

心;因為有刀如夢,能劃破暗夜長空,自然能迎來美好的山河景觀。詩人在此對「馬來西亞」的想像,充滿著「鍍染金黃」的希望,並同時呈現出了華裔族群在此時此地,那分對「馬來西亞」失望與希望相互交錯的複雜情感。

而與傅承得同一時期從從臺灣學成回馬的詩人陳強華(1960-),卻在回國不久,即1986年,也寫下了〈那年我回到馬來西亞〉一詩,以抒情的腔調陳述馬來西亞現實空間的黨爭、經濟不景氣、種族兩極化的種種現象,使詩人產生了無限的失落與無奈感,以至於想「開始策劃著另一次的遠行」[26]。因此做為家園,「馬來西亞」意符,呈現了「街上霓虹燈暗淡」、「風雨如晦」的景象,是一種失樂園的狀態,已不宜寓居。所以,在〈馬來西亞離騷〉中,詩人寫下了:

> 走,靈均
> 去梳邦機場拍照
> 在出境的牌子下
> 他們和著信心,圍攏
> 像不再回來的候鳥
> 別問我發生甚麼事
> 這一直都是持續的[27]

當樂園不再,夢的藍圖由於政治偏差而被迫摺疊起來,在憤懣與憤懣無可宣洩之下,則就只有移民一途,成了「不再回來的

---

[26] 陳強華:《那年我回到馬來西亞》(吉隆坡:彩虹出版,1998年),頁15。
[27] 同前註,頁105。

候鳥」。而詩人在此以靈均相引，呈現出「馬來西亞」對其而言純乃一身分認同的空間，而非文化屬性之所，故他需藉三閭大夫此一中國文化象徵，以表達他心中的悲憤，與去國離家的哀思。

所以，「馬來西亞」這政治／空間符號，對華裔族群而言，繪製著他們複雜的情緒與壓抑的心理波紋。尤其族群間的不平等關係，政治、經濟、教育偏差所形成的邊緣化地位，更造就了他們在主體認知上的分裂狀態。他們一面認同做為馬來西亞人的身分，一面又基於文化理念，以及對身為公民卻受到不平等待遇而深覺委屈，甚至遠離家國而去。因此，對「馬來西亞」的書寫，在八〇年代中到九〇年代初，成了詩人們憂患意識的最主要表現，也成了當時「有熱血、愛國、民族情性」詩作中的欲望投射，最後成了「動地吟」詩朗會中的重要主調。它在場，或有時不在場的，化為意識形態，以做為華族共同體的想像與召喚，並由此想像與召喚，而呈現出一分戀鄉情結的情感價值來。

相對於馬來亞獨立前後，馬華新詩試圖努力去宣示對「祖國」——「馬來亞」的效忠意識，然而八〇年代中的詩作，卻傾向於藉由「馬來西亞」此一政治／家國符號，陳述出華裔族群處於本土政治隙縫間的存在處境。故詩人們念茲在茲的，是如何把「華人」放在「馬來西亞」的大框架裡進行身分的論述，認同或不認同，留下或出走，似乎都與「馬來西亞」的故事息息相關。唯觀諸這些詩作，熱烈的情感掩蓋了文學性的表現，而成了政治表態的寫作。這種遮蔽，只投射出政治的欲望：關於個人與族群的命運，及以「馬來西亞」做為關照場域下的終極關懷，由此呈現出那個時代的情感結構與華裔群體面對的共同命題。

四、

然而,在進入九〇年之後,由於馬來西亞首相馬哈迪(Mahathir bin Mohamad, 1925-)在1991年提出了2020年宏願(Wawasan 2020)的經濟大藍圖,以期馬來西亞在2020年晉身先進國。這藍圖固然仍以新經濟政策為骨幹,但卻開放讓全民參與。是以在這樣的一個理念政策下,期待各族通過2020年宏願的共同目標,摒棄各自的利益,團結一致,希望在未來能以「馬來西亞」之名,不分彼此的塑造出一個國族——馬來西亞民族(Bangsa Malaysia)來。此一議程,將焦點聚中在經濟領域上,使得政治的猜疑,恐懼和不安,都暫時擱置於追求「成為先進國」的口號中。在這樣和諧的氛圍內,加上馬來領袖出席華社的活動時,常以「我們都是一家人」做為拉近華人之間的關係,讓向來注重經濟繁榮與傾向國家安穩的華人社會,對馬哈迪制定的宏願政策,給予了熱烈的回響。因而有學者認無,九〇年代是馬來西亞各族群關係最為和諧的時期,開放的局面,使華人對「我鄉我土」的馬來西亞認同進一步得以加強[28]。這樣的說法,只是一個現象面的觀察,實際上在華人的集體潛意識中,仍然是對族群的問題,存在著謹慎與戒慎恐懼的,這從華社處處表現著保持現狀,協商與妥協的態度可見一斑。

在這段期間,詩人的創作也幾乎不在標示著「馬來西亞」的符號,以抒發個人內心的憂患感了。「馬來西亞」的大敘述被解構,而回到了地方的認同上,尤其是出生地或生活過的空間,以呈現出存有與地方的親密關係。換句話說,詩人是從自己所

---

[28] 參見何國忠:〈馬哈迪的族群政策與華人社會〉,《自由媒體》,2005年5月19日。

站立的土地上出發,書寫自我最深具感受／感覺的場域。那是私我世界的經驗空間,生命記憶的保留地。就如瑞爾夫(Edward Relph)所指出的:「處在地方之中,像紮根一般讓人在面對世界時有一個起點,而且也讓個人在事物秩序裡,穩固地掌握住了自己的位置。對某些特殊地方具有某種意義的精神,以及心理上的依戀情懷。」[29]故以主體經驗、記憶與意向,再現地方的同時,實際上也呈現了詩人的生命史與心靈史。

最明顯的是對「南洋」的書寫,這是相對於「馬來西亞」敘述的明確地理位置而言,它形成了一種想像性的「異質空間」(heterotopias of deviation),此與「南洋」模糊性的名稱指涉相依附;它帶著一種虛構的色彩,具有某個特定歷史、文化、語言、族群與氛圍[30]。如許雲樵在《南洋史》中所陳述的:「南洋者,中國南方之海洋也。在地理學上,本為曖昧的名詞,範圍無嚴格之限定。現以華僑中之東南亞各地為南洋。」[31]這樣的界說,仍然充滿著想像的空間。而這個空間,與「東南亞」不

---

[29] 王志弘編著:《空間的社會分析》(輔仁大學社會學系,1996年秋季班授課講義,自印未出版),頁90。

[30] 對於「南洋」的定義,可謂眾說紛云,幾乎成了「一個南洋,各自表述」的狀態。如趙正平對「南洋」的界說:「何謂南洋,其名稱至寬泛也,其範圍只廣漠也。……南洋二字,在地理學說,原無一定。」甚至有些把「南洋」擴大為「內南洋」與「外南洋」,也把印度及斯里蘭卡包含在內。至於廣義的「南洋」,則將印度支那半島(越南、緬甸、柬埔寨、泰國、老撾)、馬來半島、馬來群島(菲律賓、印尼、汶萊、東帝汶)與大洋洲(澳洲與紐西蘭)均列進去。參見李金生:〈一個南洋,各自界說:「南洋」概念的歷史演變〉,收入《亞洲文化》(新加坡亞洲研究協會,2006年6月第三十期),頁113-122。

[31] 許雲樵:《南洋史》(上卷)(新加坡:星洲世界書局出版,1961年),頁3。

同，它因華僑僑居而被命名，易言之，華僑在此一想像空間，具有絕對的主體性。這樣一個被形構的「異質空間」，一如傅柯（Michel Foucault）所指稱的：

> 可能在每一文化、文明中，也存在著另一個真實空間——它確實存在，並且形成社會的真正基礎——它是那些對立基地（counter sites），是一種有效制定的虛構地方。它被再現，卻仍然指向它在現實中可能的位置。[32]

它與「異質時間」（heterochronies）相交，而可供之創造出另一種想像的空間來。

這從陳大為（1969-）所寫的一系列「在南洋」詩中可窺見其特質，即「南洋」處在一個特定歷史時空之中，並被虛構化為：「歷史餓得瘦瘦的野地方」、「只見橫撞山路的群象與猴黨」[33]，且需要詩人「啟動史詩的臼齒」去咀嚼那充滿著想像的叢林之地，老去的時光。故「馬來亞」在此被置換成了「南洋」，一個帶著真實，卻具有虛構色彩的地誌，屬於「唐山英雄」和「鼠鹿」奔竄的寓所。詩中所呈現的異質空間與異質時間交疊，讓「南洋」的模糊概念擴大了想像的版圖，而形成了類似虛幻的場景。故「在南洋」，實際上也等於不在「南洋」，一種「在場的

---

[32] 相關「異質空間」的論述，可參考傅柯（Michel Foucault）著，陳志梧譯：〈不同空間的正文與下文〉（Text and Contexts of Other Space），收入夏鑄九、王志弘編：《空間的文化形式與社會理論讀本》，頁403。

[33] 陳大為：〈在南洋〉，收入氏著：《盡是魅影的城國》（臺北：時報文化出版社，2001年），頁148。

不在場」，只留下想像的蹤跡，使得陳大為的「南洋」，被編碼於古典的時間／意象中：「桂林的山水」、「鳳鳥不至的地盤，犀鳥的南方」、「飛魚躍過的故鄉」等，由此展示了一種鄉愁式的舊夢，屬於他祖父一輩，也屬於他自己的（身在臺北與中壢的詩人），一個身世想像的再認。最後，馬來（西）亞卻遮蔽在他的「南洋」書寫中，而成了失落與空洞的地理版圖。

至於另一位詩人林健文（1973-），則企圖通過了「南洋」去鉤勒出一個馬來西亞史。他那一系列的「南洋‧再見南洋」，實際上是呼應陳大為的〈在南洋〉與系列史詩〈我的南洋〉而作的。「南洋」在此，同樣都是「馬來西亞」的代碼，或一個探向馬華歷史的視窗。只是不同於陳大為以個人家族史做為南洋史的拓影，辯證傳統的失落，林建文卻以八首詩組成馬來西亞史，記錄片式以紀年呈現出來：1942日本侵占馬來半島、1957馬來亞獨立、1965新馬分家、1969五一三族群暴動與死亡事件、1975年華人權益在馬來政權擴大下逐步侵蝕、1985年馬來西亞走向工業帝國夢想、1998年金融風暴下，馬來西亞副首相安華被陷雞奸革職及發生「烈火莫息」的選舉改革運動，最後總結於「歷史課本上最後一頁」的〈不再南洋〉。一連串的以史為詩，讓馬來西亞在「南洋」的記憶空間產生辯證的圖景（dialectical image）。如班雅明所謂的以現在觀點投射到過去的歷史經驗，必然使現在與過去相互糾結和拉扯，由此影響對未來的看法[34]。因此詩人立於當下的存在土地上，以「南洋」（華族子裔）的視角拼貼馬來（西）亞史，並由此分裂性的歷史空間，企圖辯證華裔族群在馬來西亞的歸屬和

---

[34] Walter Benjamin, trans. Harry Zohn, ed. Hannah Arendt. *Illuminations*. (New York: Schoken, 1968), pp. 212-223.

認同定位,而不只是「阿公阿嬤口中一部簡陋的家族史」而已。

易言之,「南洋」的被書寫,投射出了詩人試圖從馬來(西)亞歷史脈絡中,尋找族群與自我主體的定位。這才衍生出「後南洋」——馬來西亞地景系列的書寫。此一系列詩中,詩人以其家鄉「雙溪湖」(Malim mawar)為敘述的起點:

> 我把兩條溪水湊成川
> 流入想像的大湖
> 這裡,我堆聚童年的地方
> 雙溪湖,只剩餘金沙溝的骨架
> 雙溪湖,鐵船
> 擱置在小鎮中央嘆息[35]

將一個沒落的錫礦小鎮,繪製於詩的地理之上,並將村裡人的生死流轉,銘刻在大街中:「在這裡,偶爾會有送殯的行列／偶爾,在名人的結婚晚宴上醉酒高歌」、「歲月似乎一直在掌櫃的秤上擺渡／錫米,從指縫間穿過」。故一切生活行為、商業活動和宗教信仰,都表露出那地方的存在與價值意義。而詩人企圖通過成長的記憶,與土地連接成生命史的軌跡,在雙溪湖小鎮,召喚出馬來西亞的情感與認同。

所以,地方書寫除了能保留原鄉的記憶,連接地方的歷史,建構歸屬與身分外,也同時將標誌出個人的生命與馬來西亞史的緊密關係。地方史與回憶的敘事辨證,指涉了馬來西亞建國的歷

---

[35] 林健文:《貓影偶爾出現在歷史的五腳基》(吉隆坡:有人出版社,2010年),頁83。

史過程,如林建文的另一首詩「巴西沙叻」(Pasir salak),即陳述馬來抗霸者馬哈拉查里拉(Dato Mahajarela)和拿督沙谷(Dato Sago)刺殺英殖民統治者的事跡:

> 百年的高腳屋
> 暗黃煤油燈一直亮著
> 橫樑早被蟲子蛀得沒有帝國餘韻
> 想像門外高聲呼喊拿督馬哈拉查里拉
> 壯志如急促的河水
> 竟然呼醒一個半島的勇敢
>
> 拿督沙谷
> 被吊斃前顯然詛咒
> 帝國旗幟最後必將在這裡降落[36]

英殖民者的城牆,馬來抗霸者的故事,通過地方史的再現,成了某種政治意義——「血與土」的繕寫,或國家想像的重要象徵。因此,詩人藉由一個地方史的敘述,不但呈現了馬來(西)亞政治主體建構前景的辯證,其中亦隱含著一分自我屬性與身分認同的意向。換句話說,在此一詩中,詩人通過了一個後殖民的地理與歷史,讓個體與集體相互註記,由此書寫過去以展現出一個馬來西亞國族的圖景來。

而地方、歷史與個人成長連結,不僅能刻錄出一代人的情

---

[36] 同前註,頁85。

感結構,同時也能反映出一個國家的民情、風俗、語言、政治與文化特質。故從國族認同的角度來看,地方等於人民;書寫地方,即意味著其所書寫的,是屬性與國族的空間。不論是從私我的位置進行記憶的追溯,或是從大我的歷史辨證,探尋共同體的想像,地方所給出的,必然迴環著主體欲望、國家意識與身分的認同感知。如方路(1964-)對「茨廠街」的描繪,繪圖式的排鋪著街上的景觀,一間間的店鋪(如:廣耀興海味行、麗豐茶冰室、詩奇影相、南隆廣彰金鋪、風月酒家等),一間間的食肆(如漢記粥品、晨光牛腩、南香雞飯、OLD CHINA、玉壺軒茶樓等),在視角不斷移換間掃瞄過去,展現出的景致,充滿著時間光影的流動感,且由過去與現在,進行著存在的辨證。他在〈店鋪之書〉中描述攝影店,頗能凸顯出這方面的意識表現:

> 對焦仍是過眼雲煙的距離
> 耐心逐一照下
> 拍照的人物
> 黑髮都拍成白髮
> 大概暗室裡
> 都掛滿逾期的底片[37]

古老、陳舊、過時的,繪寫出了那空間沉浸在往昔的氛圍裡。或描述天如油燭紙料店:

---

[37] 方路:〈店鋪之書・3.詩奇影像〉,收入氏著:《傷心的隱喻》(吉隆坡:有人出版社,2003年),頁70。

添油買紙的顧客走進門檻
　　過時的三寸金蓮
　　彷彿還站在樓板上
　　唱幾段老粵曲[38]

及描寫〈食譜之書〉中的「冠記」：

　　老婦人捏出自己額上的皺紋
　　熟悉的口味
　　包裹在肉餡
　　一片片捏出雲吞
　　攪在鮮蝦佐料
　　搓出一塊塊水餃
　　端上黑醬油
　　歲月配料
　　摻出半輩子人生
　　苦樂
　　眼睛都花了

　　牆上麵譜也斑駁了[39]

這些詩裡所透顯的視覺、味覺、聽覺和感覺意象，強化了時間的縱深度，也強化了主體與地方的關聯性。而對於街上景觀的描

---

[38] 同前註，頁73。
[39] 同前註，〈食譜之書・6.冠記〉，頁77。

繪，方路的筆調是抒情，懷舊的，乍讀純是對地方的自然觀察和想像的再現，或華人族群集體記憶下的標記，然而在這些詩背後，實是隱含著一份國家的敘述與身分認同建構，因為老地方、老時間、老建築物、老店鋪、老餐館和茶樓，象徵的是：華族族群在這地方根生和綿延的現象，自然也會被納入到國族的空間裡，以做為另一種故事的敘述和辯證。

而這樣的辯證，周若鵬（1974-）的詩〈茨廠街不是China Town〉卻給了一個很好的答案：

茨廠街長在自己的國家
各族用自己熟悉的語言喊買叫賣
出入茨廠街
依然馬來西亞[40]

「茨廠街」不是他者之所，不等於次文化、次級化、次等化的空間，它更不是China Town——「中國城」、「唐人街」等詞彙代號，它的內涵已融化了多元種族的聲音和生活形態，而不是被封鎖為中國移民的鄉愁之地，甚至一個落後、化外與邊緣的場域。所以「茨廠街」依然是處在「國族空間」之中，依然「馬來西亞」。

可是，從另一方面辯證的而言，何啟良（1954-）的詩〈我的家鄉不是CHINATOWN〉，卻形成了另一面鏡子，映照出這族群區域在政治視角下，被扭曲的影像。CHINATOWN被刻意形塑為觀光區，以華族文化氛圍，嵌進了與中國相關的空間符號裡。然而，在

---

[40] 周若鵬：《相思撲滿》（吉隆坡：千秋出版社，1999年），頁87。

這「國族空間」中，華族族群卻處於政治不平等的夾縫之間，帶著恐懼和沉默，在這「仁慈和荒誕」的土地上生活著。雖然面對著種種偏差政策，詩人卻依舊不斷強調：「這裡是我的家」、「這個地方曾經是我們的」，可是家鄉卻留不住外流的人才，最後只落得：

> 不要走！那個踉踉蹌蹌的人
> 是你
> 是我
> 也是他
> 試圖忘掉搬家的疼痛
> 試圖記起逃離的彷徨
> 我沒有迷途也不會忘返
> 如今只想圖一個小說
> 這裡啊真的就是我的家
> 但我的家鄉不叫CHINATOWN

詩中的掙扎、不捨、彷徨和心理創傷，表徵著離走的人與家國之間的情感糾葛，認同與不認同，均充滿著複雜難解的情緒。因此，CHINATOWN，一個大寫的「中國城」，意寓著其乃國中之異鄉。華人在此，被視為外來移民，被排擠、被區隔、被標誌在城之內。所以，在這異質空間裡，政治意涵更是不言而喻。只是詩人卻仍堅定的說：「這裡啊真的就是我的家」。故而，做為應屬的主體，或馬來西亞人，CHINATOWN的存在，無疑是一種標刻，彷彿時時在提醒華裔族群，其乃移民後裔。

顯然的，這樣的空間，具有政治權力鬥爭與宰制的議題，

它被認定具有中國特質（chineseness）、被區隔，被卑微和被標示化，以形成主客體之別。故Henry Lefebvre曾指出，空間是政治的，也是歷史的產物[41]，CHINATOWN在何啟良的詩裡，成了「中國特性」意識強烈鮮明的符碼，在吉隆坡城市中心而不成其為「中心」——它是鄉，一個遙遠的異國。雖然它的形成是與歷史的變遷有關，唯他拒絕被嵌入這符碼之中，或被標籤化，由此以去確定自己的身分——馬來西亞人（？）。

此外，辛金順亦通過描寫其故鄉〈吉蘭丹州圖誌〉，以州內六個小鎮與首府，展示了詩言主體與土地之間的親密關係。從他出生地「白沙鎮」做為起端，循著其生活的軌跡：話望生、瓜拉吉賴、蘭道班讓、道北與哥打峇魯，進行記憶與記憶的連接，使家園的感覺，再現為一種詩意召喚，召喚出主體的意識與共同的想像。其在〈白沙‧故鄉的隱喻〉，做了這樣的一種表白：

> 我們的籍貫書寫在
> 膠園的背後，潮州話、閩南音、馬來語
> 填入我的住址，在Pasir Puteh[42]

詩中以「膠園」做為本土認同的隱喻，各方言的華族區域語境與馬來地名，用以標示出其身分屬性的路徑；間中更參插了抗英殖

---

[41] Henry Lerebvre著，陳志梧譯：〈空間政治學的反思〉（Spatial Planning: Reflections on the Politics of Space），收入夏鑄九、王志弘編：《空間的文化形式與社會理論讀本》，頁34-39。

[42] 辛金順：《記憶書冊》（新山：南方學院馬華文學館出版，2010年），頁42。

民的地方英雄人物Tok Janggut傳奇事跡,及講述童年記憶景象等等,以去形塑地方與生命史的意義區位來。因此,通過回憶,故鄉的符號標誌,更能深入的促成自我身分屬性的追尋,也由此企圖去獲致真正的自我認知。

故一代代人在那土地上成長、老去、消逝,緊貼著土地的生命,即是屬性認同的明證。尤其在意義和經驗建構而成的地方,他們都有著他們各自的故事,在私我的世界或故園內,演繹著與這土地愛戀的戲碼。如詩中所陳述的:

    一群燕子來了又離開,誕生與
    死亡,化為意象
    在人生的巷道,無言
    伸向四方

                             (瓜拉吉賴〈燕子的圖景〉)

及:

    夜裡,居民在悠揚的氣笛聲中
    翻開睡眠的另一面,下一代
    在老去的歲月裡不斷繁衍,生長
    戀愛、成家,然後
    坐著火車在另一個歲月裡消失不見[43]

                               (道北〈鐵道的格律〉)

---

[43] 同前註,頁45、47。

詩的主觀意象，界定了主體記憶和經驗位置，同時也展示了人與土地的依附性與象徵意義。一如段義孚所說的：「喚起地方感和過去感的努力，常是深思熟慮和有意識的。」[44]是以，由此觀之，〈吉蘭丹州圖誌〉所銘誌的，是那一分深刻的地方情感。然而，地方所擴延出去，必然會納入到國族空間來，而形成一個各族共同想像的關懷場域。像泰勒（Taylor. P. J）所指出：「地方在國族生產裡扮演著相當重要的角色，因為藉由地方／家鄉所建構而成的想像共同體，將與國族的觀念結合，而創造出國族的地方感。」[45]易言之，〈吉蘭丹圖誌〉的書寫，難免具有這樣的意義指向。尤其詩末以吉蘭丹土話做為尾聲：

　　Kelatei

　　Mipi jupo mipi,di

　　Tanoh peranokei,menjadi

　　Seulas peringatei

　　Tidok akei ilei[46]

土語所形成的鄉愁，是因為它涵括了生命成長的時間與土地／景觀所結合而成的感覺情念，納入到集體的社群中，自然而

---

[44] 段義孚（Tuan Yi-Fu）著，潘貴成譯：《經驗透視中的空間和地方》（臺北：國立翻譯館，1998年），頁191。

[45] P. J. Taylor, *Modernities: A Geohistorical Interpretation* (Cambridge: Polity Press, 1999), p. 102.

[46] 這段吉蘭丹語成的詩，其意為：吉蘭丹／夢找到了夢，在／童年的土地，成了／一縷記憶／永不消匿。Henry Lerebvre著，陳志梧譯：〈空間政治學的反思〉，頁50。

然的,將召喚出國家想像的意識來。這與土地→國家,所鏈結的意旨,也就不謀而合了。

　　因此,九〇年代後的馬華新詩,雖然都各自回到地方的位址上書寫出各自不同的景觀,但在意識表現上,仍然還是藉著地誌書寫,建構著他們的身分屬性與認同。是以,從地方的歷史、回憶、語言、景觀、想像等,拼貼,進而再現一個馬來西亞,是詩人們在追尋主體認同過程中,所無可避免的抒情與敘事。故托景寄情,言物記事,一切地方符號的指向,最後必然的,會指向國家的想像,而成為國族建構的重要意象與象徵。

結論

　　總而言之,綜觀馬來(西)亞獨立前與獨立後,詩人們通過了其詩性言說,鉤勒出心中對馬來(西)亞的想像,其中更涵具了個人在屬性認同的書寫欲望。而記憶與空間政治所形成的視域,無疑決定著他們筆下地方景觀之光影明暗,不論是反殖民,或強調本鄉本土——祖國馬來亞的意識形態灌輸,還是「我愛馬來西亞,馬來西亞愛不愛我」的忠誠表白與詰問,及從地方出發,展開對國族空間的辯證等等,一一凸顯出了「馬來(西)亞」成為政治欲望投射的重要主題。這些詩,沿著時代與政治環境變遷的軌道,以各自不同的意象表現,展示了他們在家國意識下所繪製／拼貼出來的馬來(西)亞圖景。有些詩,最後卻走向了街頭／廣場,成了朗誦裡流動的聲音,展示了詩人做為子民的愛國意識和宏大敘事的欲望。

　　因此,從這些詩裡可以窺探出,馬來(西)亞的拼貼與再現,

呈顯出華裔族群,必須以不斷的宣誓,來表現其對此一土地的忠誠度,或依附感,才能在屬性與身分認同上,找到了一個可以讓自己安心的位置。所以國族的建構——馬來西亞和馬來西亞人,在政治的口號裡,依然有效的吸引著華裔族群的情感意向。故召喚地方感覺,詩寫馬來西亞,展示著族群與家國,歷史與未來,仍然是馬華新詩中在未來常會涉及的政治欲望表現,且將不斷成為一個永恆的主題。或許,就如傅承得所寫的那段詩句一樣:

> 信心長在,愛心不亡
> 馬來西亞,我永恆的河山

參考書目
中文部分

Tim Cresswell著,王志弘、徐苔玲譯,《地方:記憶、想像與認同》,臺北:群學出版社。2006。
方昂,《鳥權》,吉隆坡:千秋出版社。1990。
方路,《傷心的隱喻》,吉隆坡:有人出版社。2003。
王志弘編,《空間的社會分析》(輔仁大學社會學系,1996年秋季班授課講義,自印未出版)。1996。
吳岸著,《盾上的詩篇》,香港:新月出版社。1962。
杜運燮,《南音集》,新加坡:文學書屋。1984。
辛金順,《記憶書冊》,新山:南方學院馬華文學館出版。2010。
周若鵬,《相思撲滿》,吉隆坡:千秋出版社。1999。
周粲編選,《新馬華文學大系・詩歌》,新加坡:教育出版社。1971。
林健文,《貓影偶爾出現在歷史的五腳基》,吉隆坡:有人出版社。2010。
段義孚(Tuan Yi-Fu)著,潘貴成譯,《經驗透視中的空間和地方》,臺

北:國立翻譯館。1998。
夏鑄九、王志弘編,《空間的文化形式與社會理論讀本》,臺北:明文書局。1999。
祝家華,《熙攘在人間》,吉隆坡:十方出版社。1992。
許雲樵,《南洋史》(上卷),新加坡:星洲世界書局出版。1961。
陳大為,《盡是魅影的城國》,臺北:時報文化出版社。2001。
陳強華,《那年我回到馬來西亞》,吉隆坡:彩虹出版。1998。
傅承得,《有夢如刀》,吉隆坡:千秋出版社。1995。
傅承得,《趕在風雨之前》,吉隆坡:千秋出版社。1998。
安達亞(B. W. Antaya)著,黃秋迪譯,《馬來西亞史》(*History of Malaysia*),北京:中國大百科全書出版社。2000。
趙戎編,《新馬華文學大系・史料》,新加坡:文化印務公司。1971。
顏清煌著,栗明鮮等譯,《新馬華人社會史》,北京:中國華僑出版公司。1991。

英文部分

Brennan Timothy, "The National Longing for Form" in *Nation and Narration*, ed. Homi. K. Bhabha New York: Routledge, 1st Edition, 1990.

Walter Benjamin trans. Harry Zohn, ed. Hannah Arendt. *Illuminations*. New York: Schoken, 1968.

P. J. Taylor, *Modernities: A Geohistorical Interpretation*. Cambridge: Polity Press, 1999.

地景的再現

——論吳岸詩中砂勞越的地誌書寫

前言

　　詩做為文學的一種創作／再現，不但含蘊著詩人存在的經驗和生命的體認，也投射出詩人內在心靈與外在世界的存有結構；故它所展現的，不只是語言情境的開顯，也是詩人存在於當下的一個觸發、感受與詩想。尤其是詩人面對著一方與其生命相互鏈結的土地與地景，他是如何通過詩的語言去回應土地／故鄉的召喚，或更確切的說，詩人如何去繪制／書寫與自己最具親切感、依附感與歸屬感的空間？

　　而自古以來，故鄉幾乎成了許多詩人筆下永恆的召喚。因為感覺的依附和情感的根植，使到故鄉的空間，遂成了存在者的關照場域和終極存在的意義中心。而故鄉的景物，更具有一連串的記憶、想像、認同的意向，等待著詩人通過詩性語言去進行藝術的再現，進而賦予出其之意義來。故詩人所寓居、或所經驗的地方感覺，在其詩作的表述裡，被想像與記憶所定位，與此同時，也呈現出了詩人在世的存在姿態。因此，透過探討、分析和研究詩人對其故鄉／地方的書寫，實可窺見，詩人是如何經過意象的抉擇後而去建構自己與故鄉／地方的存在經驗、記憶，以及歷史感知。而這一類地誌書寫，在某種程度上，無疑更能彰顯出族群的共同意識，以及自己與家國之間的身分認同。一如大衛・哈

維（David Harvey）所指出的，故鄉常常被視為「集體記憶的所在」——連接一群人與過往的記憶，以創造一個認同的場址[1]。

所以，對地方經驗的書寫，透過童年的記憶、歷史回顧與景觀的描繪，並且透過詩意描述個人對「地方之愛」與「生命空間」的抒懷，自也凸顯了詩人在懷舊中，不經意的重新建構記憶，讓過去的時間與現在的時間進行對話，使得主觀體驗者／詩人，經由其感知性，確定著自己與土地的共同存在位置。

而馬來西亞詩人吳岸的不少詩作，非常專注於地方感的挖掘、記錄與書寫，如他早期〈盾上的詩篇〉、〈達班樹的禮贊〉、〈重上拉讓江〉，到他晚近以一整本詩集敘述其故鄉古晉的共同存在感，以及巷道、街景、老屋、市貌等等的描繪，處處展現了他做為大馬詩人對鄉土家園的一份戀地情結（topophilia）與存在之思。故本文試圖通過人文主義地理學的地誌書寫，討論吳岸是如何透過其詩作，去感覺、想像、記憶其筆下，尤其砂勞越（包含古晉）的地方與地景敘述，又如何以其所建構的文學景觀與空間場域，透顯著內心對馬來西亞的認同意識，由此，也企圖探析出其這一類詩作的書寫意義來。

一、人、歷史與地方的屬性認同

吳岸（1937-）生於東馬砂拉越古晉，以「拉讓江詩人」稱譽馬華詩壇。在他已出版的九本詩集[2]中，傾注了一個寫實詩人

---

[1] Tim Cresswell著，王志弘、徐苔玲譯：《地方：記憶、想像與認同》（臺北：群學出版社，2006年），頁101。

[2] 吳岸已出版的九本詩集是：《盾上的詩篇》（1962）、《達邦樹禮贊》

对現實生活的專注、熱愛,以及對現實社會的關懷與思考。一如甄供在評價他的詩時所指出的,吳岸的詩「具有強烈的愛國意識。愛祖國、愛人民的意識始終貫穿詩人所有的詩作。」[3]因此,從其語言直樸、平實、明朗的作品中,不難發現,其筆下的許多詩,相當深刻的捕捉了現實人生與民族的精神,而展現出其對時代與國家的一心關懷。故他曾強調,詩人要走入生活之中,才能拓展詩歌的深度與廣度[4],亦才能跟國家與人民的命運相接近。基於這樣的一個創作理念,可以窺見,吳岸處在其時代與生活空間,所欲呈現的是一種實踐的精神。就如索雅(E. Soja)所提出三種看待地方與生活實踐的方式,以三元辨證,截斷耽溺於客觀描繪現象,以及主觀想像的空間,而強調人需進入生活空間之中以實踐生活的真諦。換句話說,把生命放在生活的世界上,才能在移動中實現著現實生活的真正體驗[5]。而吳岸的詩歌創作,無疑正是建基在這樣的一個理念基礎上,以開拓和創作出他的生命厚度與廣度。

因此,土地與生活,是吳岸詩歌中的重要關注點。它不但展現了其詩歌的感覺結構,而且更呈現了一個地方感知性(perception)與生命空間的向度。故在他的不少詩裡,我們可追蹤他涉身其中

(1982)、《我何曾睡去》(1985)、《旅者》(1987)、《榴槤賦》(1991)、《吳岸詩選》(1996)、《生命的存檔》(1998)、《破曉時分》(2004)、《美哉古晉》(2008)。

[3] 甄供編著:《生命的延續——吳岸及其作品研究》(吉隆坡:新紀元學院學術研究中心出版,2004年),頁9。

[4] 參閱吳岸:《九十年代馬華文學展望》(古晉:沙拉越華文作家協會,1995年),頁175-179。

[5] Tim Cresswell著,王志弘、徐苔玲譯《地方:記憶、想像與認同》,頁64-67。

的創作意向。如〈椰頌〉一詩,詩人即通過椰樹根植本土,挺拔向上的存在姿態,陳述了人與土地、生活與現實的主體意識表現。所以不論淒風苦雨,它不嘆息與哭泣,並且堅持頂天立地的向上意志;另一方面,根卻依舊:

> 深植在悲哀的泥土裡
> 默默的
> 把大地的眼淚
> 釀成瓊漿玉液[6]

在此,詩言主體透過了椰樹外在的形象與內在的根源,傳遞了生活空間中,人對現實土地的依附與屬性認同。

　　這樣的一種詩歌意識陳述,在吳岸的另一首詩〈達班樹禮讚〉中,有了一個更完整的表現與演繹。「達班樹」(Tapang),一種生於婆羅洲的堅實樹木,在詩中被賦以「巨人」般的形象,晨昏屹立於山頂之上,即使最後被燒芭的野火燒成一片焦黑,仍在滾滾濃煙中巍然不動。及至最後,「巨人」終於倒下,「消失在黎明前最深邃的黑暗中」,但在詩人的意識認知裡,它卻已化為沃土,「滋養著漫山的稻秧」,這使得達班樹的形象更為崇高,「像一個金色的巨人」,在詩人的心中永遠屹立不倒。是以,「達班樹」此一符碼,在詩中,一方面隱喻著現實生活空間中的鬥士形象,另一方面,卻表現著對砂勞越本土的屬性認同——死後,仍要在自己的土地上,化為沃土,滋養稻秧。

---

[6] 吳岸:《達邦樹禮讚》(古晉:砂勞越華文作家協會,1982年),頁10。

類此愛土、愛鄉、愛國的詩篇,在吳岸的詩集中俯拾皆是。從他的第一本詩集《盾上的詩篇》,就明顯的突出了詩人愛國意識的表現。他與中國南來的祖／父輩不同,鄉土的觀念與認知也不同。他意識到,只有自己生長的土地,才被親切的稱為故鄉,也才可被稱為祖國。故他在〈祖國〉一詩裡做了明確的認定:

> 你的祖國曾是我夢裡的天堂
> 你一次又一次要我記住
> 那裡的泥土埋著祖宗的枯骨
> 我永遠記得——可是母親,再見了
>
> 我的祖國也在向我呼喚
> 她在我腳下,不在彼岸
> 這椰雨蕉風的炎熱土地呵
> 這狂濤衝擊著的陰暗的海島呵
>
> 我是個身心強健的青年
> 準備為我的祖國獻身
> 祖國的骨埋在他們的鄉土裡
> 我的骨要埋在我的鄉土裡[7]

　　祖國所在的,是詩人寓居與生活實踐的空間,或位居與給出生活經驗的地方(in place)——「椰雨蕉風的炎熱土地」、「狂

---

[7] 吳岸:《盾上的詩篇》(香港:新月出版社,1962年),頁10。

濤衝擊的陰暗海島」。這樣的空間屬性認同，凸顯了吳岸與上一輩在土地與國家認同意識上的一個差異性。中國不是他夢裡的天堂，他腳踏的土地，婆羅洲的砂勞越才是與他具有密切的關係。是以，空間認同的轉換，必也形成了關照場域（field of care）的不同。而「蕉風椰雨」的地景，無疑產生了家園感覺的創造，也讓詩人心懷情感依附與地方的認同與來自中國的上一輩不一樣。

因此，吳岸念茲在茲的是自己的家鄉，那斜斜掛在赤道線上，美麗如盾的山河大地──砂勞越。而他在另一首早期的詩中〈盾上的詩篇〉，就曾放聲歌頌過自己的家園。在此砂勞越被譬喻為盾，一個充滿著原始，卻堅實的空間意象，而詩人位居其中，企圖以詩將那土地所體會的生命經驗，展現為壯麗的詩篇。因此，不論是拉讓江的激流、克朗河的水湄，山豬、野鹿亂竄的叢林，猴子和巨蟒藏身的深山，民都魯小鎮的變遷、伊班人的竹樓長屋等等，落入吳岸的筆下，都成了地誌學上的符碼與標誌，標示著詩人與他所存在的地方之緊密關係。就如北愛爾蘭詩人薛摩思・黑尼（Seamus Heaney）所說的：「要瞭解你是誰，你必須知道你來自一個地方，你必須有歸屬感。」[8]沙勞越是吳岸的歸屬，有他的地域情感與認同，有著他存在經驗與生命的體認，故從其視域所展示的空間，都成了詩中特殊的風土景觀與歷史人情，從某方面而言，也可以說，他賦予了這些地方書寫的意義，以及創造了鄉土的圖景。這些圖景，無疑已成了他詩中常常吟誦的永恆主題。

---

[8] "To know who you are, you have to have a place to come from" 此句引自吳潛誠：《島嶼巡航：黑倪和臺灣作家的介入詩學》（臺北：立緒出版社，1999年），頁81。

此外，吳岸的詩中也叩問了歷史的深度。他試圖通過詩去追蹤與再現一個地方的歷史感（Sense of History），凝聚集體的共同意識。故歷史的被召喚，成了詩人對本土或地方記憶的一種敞開方式。如查理斯沃斯（Andrew Charlesworth）對納粹集中營——波蘭的奧斯威辛（Auschwitz）做為一個歷史記憶地方所提出的認知：是逼使人們對戰爭與法西斯主義侵略的一種警惕，對猶太人慘遭殺害與滅族的一種反省。[9]而吳岸詩中對石龍門（Bau）歷史的追溯，實際上亦有類似的企圖：

>   那是很久以前
>   在你的土地上
>   饑餓的人們
>   為了得到麵包
>   像火山
>   像洪水
>   像猛獸
>   咆哮起來
>   瘋狂地咆哮起來！
>   於是，在你的土地上
>   也開始了殘忍的屠殺……

---

[9] Andrew Charlesworth提出，官方所建構的記憶地方，往往是一種我方的歷史，而抹滅了歷史的真實性。反而是人民所陳述的地方記憶，才能逼近歷史的記憶，以鑑來者。見Andrew Charlesworth, "Contesting Places of Memory: The Case of Auschwitz Environment and Planning D." *Society and Space* 12:5, pp.579-593.

> 如今，在我的皮箱底層
> 藏著幾根化石似的黃色的骨頭
> 那是從你英雄的山洞裡拿來的
>
> （〈石龍門〉）

　　石龍門，馬來語稱為Bau，屬古晉省，是華人最早遷移到砂勞越州的一個小鎮。也是最早開採金礦之地。1857年，當地華工受不了英國土王詹姆士・布魯克（James Brooke）的殖民與壓迫，揭竿起義，最後失敗，以致許多華工與家屬被殘酷殺戮，死者千餘人，屍橫遍野，無人掩埋。金山頂遂成了廢墟，碧湖亦掀起紅濤。而百年之後，詩人在此徘徊，在朽折的旗杆與殘破的廟社間，想像著百年前的歷史故事，想像著華工被鬥到最後，被趕進山洞而活活燒死。這些起義者，被視為反抗殖民者的英雄，他們「黃色的骨頭」，不只隱喻著採金者的身分，更象徵著抵禦殖民霸權的崇高形象。另一方面，從歷史的追述中，詩人提醒大眾對侵略人民與奪取土地財富的怪物——殖民者，要時時警覺其幽靈的再現：

> 那大腹便便的可怕的怪物
> 昨夜已來到你的身旁？
> 把那沒有蹤跡和影子的
> 吸血的器具
> 安置在你那蒼白的肉體上……

所以歷史用以鑑今，同時也被用來凝聚與抵抗殖民強權的力量。

因此詩人在石龍門所召喚的歷史記憶，明顯的滲入了自我主體的辨知，以尋求共同意識，抵禦當時英國殖民霸權的統治與壓迫[10]。

而吳岸曾經為砂勞越的獨立奉獻了他的青春歲月，並且在1966年的一次大逮捕中，在獄中失去了十年的自由。故他對殖民者的抗爭，是有其行動的實踐能力。所以在他視為祖國與母土的砂勞越，夜夜成為他夢想解放的地方，即使他身在牢獄，其念茲在茲的，也是母土鄉園的動態：

十年無音訊
萬里江山
夜夜入夢來
夢回
燈殘
牆高
門深鎖
我不眠
夜亦不眠

---

[10] 此詩標明作於1952年，當時的砂勞越在日本戰敗後，還回給查爾士布魯克（Charles Vyner Brooke）治理，唯布魯克家族已無能恢復國力，因此在英國政府的強迫下，只得在1946年將統治主權交還英國。故詩人當時所處的時空，是在英國殖民的霸權下，故其在石龍門一詩中召喚歷史，是企圖以史為鑑，喚起對殖民者的抗爭意識。38年後，吳岸又寫了一首跟此一歷史相關的詩作〈碧湖〉（1990），將歷史的悲劇置於湖中碧波瓣綠，風光美景裡進行演繹，使得景物的靜，襯托出歷史想像的動，而更顯得讓人驚心動魄。

聽牆外風雨
有萬馬奔騰

（〈靜夜〉）[11]

　　因此，從吳岸的這些作品裡，可以窺見他詩中所書寫的「地方」（place），是具有一分關懷與愛的熾烈情感，那是一種價值、歸屬與自我身分認同的投射。他腳踏的土地承載著他的生命史，故來自其記憶與歷史的書寫，不只是鉤勒出了地方的風土民情，實際上也抒發了詩人主體的意志情感、關愛和屬性的認同。

二、景觀、記憶、與空間經驗

　　此外，在個人的成長過程中，地方扮演了非常重要的角色，它是一種存在空間，更是生命經驗的存在之所。尤其是對自己的在生／身地，或童年歷驗過的記憶空間，更是存有的生命意義價值所在。這些「地方」的書寫，固然可謂為一種記憶空間的建構符號，然而它的被編制、再現，無疑也具有詩人／創作者對空間情感意向上的認知。故在空間記憶的書寫之際，詩中往往可以窺見「我」的身影穿梭其間，而在書寫的空間中呈現著「自我感」與「認同感」的主體意向性來。就某方面而言，此類的地誌書寫，同樣具有召喚的作用，即對過去的時間，景物，居所的描繪，傳遞了詩人召喚在地讀者的生命與空間之共同體驗，不論從視覺意象、聲音、氣味和氛圍的營造，以塑造一個感覺結構，進

---

[11] 吳岸：《達邦樹禮讚》，頁5。

而達至共感共知的共體意識。

一如加斯東・巴舍拉（Gaston Bachelard）在《空間詩學》中從詩歌現象學的觀點提出，詩歌語言往往容易激起情緒上的共鳴與迴盪（retentissement），它將召喚，或讓讀者在詩的語言中感受到自己存在的深度。詩的迴盪，不但喚醒了過去，也將創造存在的未來[12]。而詩人通過記憶拼圖，去拼出其生命中所經歷過的生命景觀，形塑地方的書寫，將自己的生命與地方相互結合，由此而去記錄一些「具有意義的區位」（a meaningful location），使得詩中所展現的「地方」，在記憶與時間迴盪中，更顯得其之意義與重要性。尤其在地方的認同上，也顯現出了身分與土地的密切關係來。

吳岸近些年來，大量的通過詩作去對家鄉進行記憶拼圖式的書寫，結集在《美哉古晉》的詩集內的四十三首詩，盡是其家鄉古晉的景觀，而詩人卻以回顧的姿態，探訪了家鄉的身世、童年的舊跡、歷史的遺址、街巷的古厝、河邊的渡頭、廟會的戲臺、老店的鋪記和殖民者的碑文等等，在此，我們可以看見詩人循著時間與記憶，不斷移動著他的視域，以攝影的方式，將古晉家園，進行了一個全面的掃描。而詩的迴盪，在古晉的空間裡，蕩漾著詩人主體的記憶、想像與夢想，並在那些街巷之間，呈現出了其生命史的蹤跡來。

如在〈美哉古晉〉一詩，詩人表面叩問的是古晉的命名與身世，實際上卻是對自己身世淵源的一個追索。詩中讚美「古晉」之名的典雅，然而命名者是誰呢？

---

[12] G. Barchelard著，龔卓軍譯：《空間詩學》（臺北：張老師出版社，2003年），頁41-42。

都說他們目不識丁
　　當年漂洋過海
　　落腳在這荒蠻的異域
　　我卻確信有位儒者
　　長衫布衣，翩翩
　　桅杆下迎風而立
　　沉甸甸滿艙過番細軟中
　　唯獨他行囊裡
　　輕輕一支狼毫
　　小小五百斤油
　　山重水複後
　　乍見別有天地
　　漁舍疏疏落落
　　陵丘莽莽榛榛
　　正疑此地何處
　　卻聽得汩汩江聲中
　　馬來船夫的一聲呼喚──
　　KU──CHING!

想像的儒者，在抵陸後，處於百蟲的交響裡，挑燈磨硯，最後：

　　混和著千年的墨香
　　便一筆
　　揮就了

這恒古的

美名……

　　這樣的想像與編碼，是以詩人所處的存在位置來進行創作，從儒者對古晉的命／譯名，顯現了古晉並非俚俗之地，甚至具有文化的氣象。而儒者與詩人，在這人文化成的空間，亦有著傳承與賡續的形象與使命，故詩中的最後一段：「你翩翩然桅杆下迎風而立的／不知名的／長衫布人……」讓先輩儒者與後世詩人，有著身影重疊的意味，由此也讓詩，在古晉空間迴盪著存在的意義。

　　而記憶的追索，往往展現著現在與過去時空交錯的現象，如班雅明所提出的說法，是一種「辯證圖象」（dialectical Image）式的拉扯，即主體在追懷過去時，並非膠固於當時的時空經驗，實際上，當下的觀點亦被投射於其中，以致於形成了彼此之間氛圍的拉扯，而成了另一種再現與重構。吳岸的〈記憶〉一詩，通過現今的存在位置，沉思著先輩那些無名者，於草莽初開，篳路襤褸的艱辛時期，如何在古晉開拓出一片天地。因此不論是第一個伐木者、探險者、搖船者還是飄泊者，他們付出了一生的貢獻，無怨無悔，然而在史冊上，卻不存在著這些拓荒者的身影，是以「記憶」在此成了一種追懷，在時間的皺摺間，召喚出那些被歷史所遺忘的「無名氏」們，以片斷，或不連續性的時間意識，去辯證古今的歷史場景。是以，在此詩的最後一段，詩人提出「你走在大路上／你想起了甚麼？」的叩問，連接著先輩的追憶，無疑有著空間歷史意識的一份追尋，以及存在本身的辨思。

　　而吳岸生於古晉的甘密街上，他記憶中對童年時期居家的街景是：「街道的對面是菜市場，用婆羅洲特產的鹽木屋瓦蓋的長

形市場,遮住了我幼小眼睛的視線,看不見屋子那一邊的景色,只看見遠遠的天空上,有幾隻老鷹在盤旋翱翔。」[13]回憶的畫面,呈現了主體情感的投射,如鷹盤旋,俯視著古晉的圖景。故詩中許多可見的景觀,都是通過不可見的記憶,或敘事加以呈現出來。如通過先輩南來,因不適應赤道氣候的炎暑,「汲起一桶又一桶井水/沖洗異域的瘴癘」,及小軒窗內正在梳妝的小姑娘與小樓上捻著念珠敲著木魚守寡的大姑等,去襯托出「大井巷」的歷史感;或描述早期南來者的葬身之所——粵海亭義山,以隱喻華裔子孫後生的歸屬;及經由古晉五條街道(甘密街、印度街、電力廠街、馬力街和爪哇街)交匯點的「公司尾」,映照出時間的輝煌與沒落,除此,描述四座百年廟宇:玄天上帝廟、天后廟、鳳山寺與大伯公廟,展示了古晉華人的信仰與精神寄託所在,且與詩人有著知識淵源的關係:

> 悄悄然我來到聖母的龕前
> 未及上香
> 便聽得聖母笑曰
> 這小孩
> 曾在我宮裡讀書
> 把毽子落到香爐裡

或從廟前的「陽春臺」上,思索戲裡戲外的榮辱悲歡。因此,從這些詩裡,可以窺見詩人的生命情感與這些地方,存在著緊密的

---

[13] 吳岸:〈序文:我行吟在婆羅洲山水間〉,收入氏著:《生命的存檔》(古晉:砂勞越華文作家協會出版,1998年),頁9。

連繫。而詩人不斷將自我納入了歷史的氛圍中,一路走過去,老店舖記、青山岩、浮羅岸、亞答街,一直到殖民者的時代遺景:查爾斯布魯克紀念碑、布魯克王朝的渡頭Pangkalang batu等,展示了吳岸以記憶為定位的古晉地圖,具有其個人私祕的情念與意義。是以詩人的介入,乃循著自己的記憶與情感的路向,去辨思古晉處在古今之中的變遷史。唯詩的情調是抒情與懷舊,詩人一路行吟,以其空間經驗,去建構出古晉意識的一種方式。

另一方面,也必須在這裡指出,這些圖景書寫,是零散的,各自座落在各自的空間位址上,它並未具有一個系統,或有序的路圖指向,去貫串詩中的景觀。換句話說,《美哉古晉》詩集中所列述的古晉各個圖景,並未形成一個有機的意義連結,不論是在空間的相互串通,或時間的交錯辯證上,均無一個可以追蹤的線索,彷彿詩人行之所至,筆亦隨之,是故,在這樣的隨意書寫之中,若要求詩裡景觀與景觀組成嚴謹的結構,難免會有所失望。但就如詩人在序言中所聲明的,它不是一本旅遊指南的詩冊,而是詩人誕生、成長、生活中所記憶的故鄉,因此詩人是以生命情感做為路線,引導著讀者走向詩中古晉各景觀的同時,也走入他的生命裡,以去感受詩人經由生命情感所建構的古晉之空間經驗。這樣的書寫,就某方面而言,更能把一個地方的「地方感」表現出來,而不是成了地方速描的景象。

但無可否認,詩人對於古晉的空間書寫,仍然耽溺於過去的美好。這種懷舊式的鄉愁,是以不斷的追憶,去尋找過去逝去的美好時光;或以一種「保持式的記憶」,將過去帶到現實中來,使得主體經驗,在空間中停滯在留戀或再現過去時空的氛圍。故吳岸通過古晉各地景的再現,一方面可以說是藉由個人經驗陳述

對家鄉的情感與地方認同,由此來認定自己的存在位置。另一方面也存在著一種對時光的緬懷與失落,家鄉的變遷,使得從童年到成長過程中詩人所經歷的家鄉經驗,與現實空間有所剝離,而不免讓他興起了重建家園的幻想:

> 我要用蛙聲
> 重建我的家園
>
> 他們以鏟土機和鋼骨水泥
> 用摩天樓和電訊塔
> 汽車和不斷嘶鳴的警報
> 毀了我的家園
>
> 我要以亞答屋和菜園
> 以小溪和蘆葦的協奏
> 晨鳥的合唱
> 炊煙裡母親的呼喚
> 和夜來香的芬芳
> 重建我的家園
>
> 在雨後的星空下
> 聽取蛙聲一片……
>
> (〈重建家園〉)

在此,我們可以窺見詩人在地方書寫上的詩性意向——重

建家園,而其所欲再現的家鄉景況,是田園模式的生活形態,用蛙聲、小溪、晨鳥的鳴聲、亞答屋、菜園、炊煙、夜來香的芬芳等,來重建其童年記憶裡美好的時光。是以,詩中不論從視覺、聽覺、嗅覺意象等,都停留在回憶的美好認知裡——還未繁華的城市。這樣的一個記憶認知,可以從吳岸的感喟中略知一二:「隨著社會的迅速發展與現代化,這個城市的不少景物風貌已經消失,而尚存的也將難免于逐漸消失的命運。」[14]所以,其筆下對古晉地誌的書寫,難免表現著一種懷舊,或黑白照片式的追憶,這自然與其個人經驗有關。實際上,個人經驗是具有主觀性的,因此吳岸對古晉各景觀的追憶,是建立在對過去(時間與空間)的緬懷上,以致於其提煉地方意義的部分,只專注於歷史氛圍的塑造與展現。而這樣的書寫,自然也會形成對逝去時光的悼念,而落入了其欲望的想像中——即想要回去重建童年那田園式的家園景況了。

三、書寫的地誌,地誌的書寫

從以上的論述,可以窺見,吳岸在其地誌書寫中,看似隨意,以及並未策略性的去架構出砂勞越地景,或古晉的空間繪圖,然而在這些地誌詩裡,我們還是可以尋索到其在書寫中所選擇的視角和情感意向。畢竟,地誌書寫中的地景,原就飄浮著各種符號和標誌,唯詩人如何去「看」與思考,或引領讀者走進景觀裡,才是地誌書寫中的主要意義。而「看」的人,難免會將主

---

[14] 吳岸:〈自序〉,收入氏著:《美哉古晉》(古晉:砂勞越華文作家協會出版,2008年),頁2。

體記憶和經驗帶進景物的書寫中,進而創作出詩中的地方感來。至於「景」作為一種符號,詩人以回憶再現景觀,無形中自也反映出了詩人當時的存在狀態。

所以,就如前面所一直強調的,吳岸筆下所呈現的空間書寫,是建立在其腳踏下的土地,與他具有最親密感的家鄉——砂勞越,以及出生地——古晉。故這裡的空間,最能呈現出詩人主體的存在意義。因為在這些地方,具有詩人成長和生活的私我經驗,也最具有詩人「個人記憶與歷史感」的空間。因此,只有通過「在地」的地誌書寫,才能凸顯出詩人的身分屬性,與存在的歷史價值來。

大致上吳岸的地誌書寫,是一種回憶式的,也就是說,詩人藉由回憶來重構現實。故其對地方的感知與時間也連在一起,是以詩中穿梭著「我」——自我感與認同感的情感意向,使詩中所誌寫的景觀,投射出了詩人在那空間的存在姿態。是故從其所書寫的地誌中,略可分成兩方面來進行探析,其一是依據族裔的脈絡上來陳述,即由先輩南來、遷居與開拓出古晉土地／景象,加以說明當地華人與古晉城的淵源。如〈美哉古晉〉、〈記憶〉、〈大井巷〉、〈粵海亭〉、〈七叢榕〉、〈海之唇〉、〈公司尾〉〈神仙街坊〉、〈陽春臺〉、〈亞答街的柴屐姆〉、〈老店舖記〉、〈青山岩〉和〈民和居茶室〉等,構畫出了百年前華人聚集、生活、商業活動、休閒處、宗教信仰、教育、飲食和娛樂場所的空間景物。由此企圖反映出華裔與那片土地的緊密關係。故這樣的空間書寫,必然含蘊歷史脈絡與空間認知的表述,尤其是對這土地上世代變遷的種種,在時間的流逝裡,必須依據景觀或存有物來加以編碼與重構,以呈現出先輩「在場」的蹤跡,順

此也追溯了華裔世代與自己在古晉的生命歷程。因此，古晉做為詩人的關照場域，內裡卻蘊涵著一個華裔變遷史的敘述，以及從主體認知與歸屬去確定身分的認同。

另一方面，詩人則將視野轉向了一個更開闊的空間，即砂勞越空間景象做為其行吟的地誌。而詩人在〈我行吟在婆羅洲的山水間〉一文，對他在這方面的書寫，有著一個相當完整的敘述。從華人礦工起義反英國殖民的石龍門開始，沿著婆羅洲修長的海岸與紅樹叢林，寫出了馬當山的秀美，丹絨羅班的晚霞，或在拉讓江的河畔，歌頌馬來母女在生活的江濤中勇敢的博鬥，甚至深入到世界最大的石動摩鹿山（Mulu cave），沉思祖先遠涉到此的足跡等等，一首首盾上的詩篇，隨著詩人不斷移動的視角，而展現出其所關注的景物。這些書寫，無疑映照出了詩人內在的心境：一種「鄉土愛」（topophilia）的經驗與記憶之記錄，也顯現了詩人與自己土地貼切的親密感。故從這些詩裡，可窺探出，砂勞越對詩人所具有的重要性，它乃詩人的世界中心，只有處在此一中心，詩人的存在位置才顯得無可比擬的特殊價值。是以，吳岸被人譽為「拉讓江詩人」，並非是基於其生於拉讓江畔而得名，而是其詩中，將自己的鄉土納入到生命中來吟詠，從而也從其吟詠中，而確定了詩人的存在位置。

所以，從吳岸的地誌書寫，可以窺探出其空間的觀視點與感知性。而在主體意識的展示裡，景物符號的編碼、重組與再現，均可見出其在空間的經驗與生命意向，均附屬於自己生活中最熟悉的土地。回憶與再現，意味著現在與過去時空交錯中的召喚，它必然是經過立場、篩選、組織與主觀的價值認知來進行，並需由生活經驗加以完成。所以綜觀吳岸所思考的地方書寫，不但存

在著族裔的在地生活記錄與陳述,或地方意識的建構,而且也展示了個人在地方上的存在狀態。「在」,是其迂迴於地誌書寫中的自我再現,這使得其所書寫的地誌充滿著「個人記憶」與「生命感」,也使得被詩人經驗轉化的地方景觀,更貼近現實,而變得更具深沉的量度。

結論

總而言之,吳岸通過了地誌書寫,構繪出了其生命中的沙勞越與古晉家鄉之景貌,而成了他詩歌創作中的一個特色。他是土地的熱戀者,也是生活中的實踐者,年輕時曾為了砂勞越的獨立而付出了十年的青春歲月,然而他卻仍無悔無怨的立足於自己的家鄉,一生以詩歌謳唱著對母土的熱愛。雖然,除了以砂勞越和古晉的地景為其書寫的對象外,詩人還將詩筆繪寫了其他地方的景觀,如沙巴的山打根、中國寡婦山、吉隆坡、吉蘭丹,甚至遠涉海外中國、日本、香港等各地景點,但真正能顯得與其生命相連接的,還是詩人生於斯長於斯的那片鄉地。從這些詩裡,他夾雜著寫實與寫意的抒情表現,展示了一個對鄉土充滿著歸屬(appropruatuib)與「著根」(rootness)的浪漫情懷,一種生命投入的存在姿態。因此,其所繪制的圖景,並非地理現象學上的旅遊導覽指南,而是具有詩人生命感與存在感的意蘊,或人文精神與族群倫理的展現。換句話說,吳岸在這方面的地誌書寫,不但再現了記憶中的景物,讓過去與現在進行辯證的同時,亦經由詩中景觀與歷史的敘述,深化了地方感,進而也由此凸顯出了自己的身分歸屬與認同意識。

這樣的書寫，顯見吳岸的詩，具有其特性。畢竟，一個地方與另一個地方必有其空間景觀與存在經驗的差異，這一「差異」即是特性。故由此觀之，吳岸以主體認同的視點，對沙勞越，以及古晉所進行的在地書寫，無疑為馬華詩歌留下了一個相當重要的標誌。

參考書目

Tim Cresswell著，王志弘、徐苔玲譯，《地方、記憶、想像與認同》，臺北：群學出版社，2006。

甄供編，《生命的延續——吳岸與其作品研究》，吉隆坡：新紀元學院學術中心，2004。

吳岸，《九十年代馬華文學展望》，古晉：沙勞越華文作家協會，1995。

吳岸，《達班樹禮讚》，古晉：沙勞越華文作家協會，1982。

吳岸，《盾上的詩篇》，香港：新月出版社，1962。

吳岸，《生命的存檔》，古晉：沙勞越華文作家協會，1998。

吳岸，《美哉古晉》，古晉：沙勞越華文作家協會，2008。

吳潛誠，《島嶼巡航——黑倪與臺灣的介入詩學》，臺北：立緒，1999。

G. Barchelard著，龔卓軍譯，《空間詩學》，臺北：張老師出版社，2003。

Andrew Charlesworth, "Contesting Places of Memory: The Case of Auschwitz Environment and Planning D." *Society and Space* 12:5, 579-593.

「時代的聲音？」

——作為八〇年代後
馬華「現實詩學」創作的一個省思

一、詩是活人的詩,不是死人的詩

　　——我寫了一首他媽的詩,題目如上。耶穌說:「詩是活人的詩,不是死人的詩。」

你死了
五百人送你
他死了
幾千人悼他
你死了
平民百姓送你
他死了
高官權要悼他
你死了
白小開門讓你進去
他死了
豪宅開門讓他出來
你死了

> 維護基本人權的人,就這樣死了
> 他死了
> 貪污瀆職濫權的人,還那樣活著

傅承得(1959-)寫這首題名為〈他媽的〉的16行詩,發表於二○○八年四月五日的《星洲日報·文藝春秋》副刊版。整首詩以直白而諷刺的基調,做為詩歌言說指向,並以對比的修辭方式,用第二人稱的「你」和第三人稱的「他」,突顯出兩種類型的人死後,所形成的社會觀感與價值效應。詩中雖然不明言所指的「你」和「他」為誰,但若置之於詩創作的時空背景下,並證之詩中「白小」、「豪宅」等所指涉之事,則其所陳述者可謂隱然若現[1]。然而,在此需要指出的是,此詩在社會功能表現上,不只是立即反應了當時的社會事件,而且也提出了現實反思:「維護基本人權」與「貪婪瀆職濫權」的價值判定。這類詩,基本上是以一種「介入」社會的關切,通過揭露、反映、思索與批判等,展現了外在現實問題的整體與典型,進而加以辯證,以凸顯出詩人處在當下環境中的一分理念認知,或做為知識分子,以詩去關注公共社會議題的良知表現。

實際上,這首詩更引人注目的是詩題「他媽的」三個字。此一

---

[1] 此詩發表於2008年4月5日的《星洲日報·文藝春秋》副刊,對應當時白小保校委員會主席熊玉生於2008年10月9日因病過世,及兩日後,千萬豪宅「查宮」與「沙爹主人」,雪州前巴生港州議員查卡利亞心臟病暴亡;二人之死,無疑形成了強烈的對比:即前者孜孜不倦為白小重開而奮鬥八年,而後者卻是涉嫌貪婪、濫權且目無法紀。所以兩人的行為與社會觀感,可以說是截然不同。故傅承得此詩,遮隱兩人事故,放在一個詩性表述上來說,則可使其內涵更為宏闊。

罵詞，多是用以表達「即時性」憤怒的情緒，或一種對現實環境無可奈何之下，所噴薄而出的抗議話語表現。如魯迅在〈論他媽的〉一文中所提及的，那是一種揭穿美好表象，透視了醜惡內裡後（如面對偽君子與鄉愿者？）的嘲罵[2]，直接而無所隱諱，以宣洩個人長久壓抑於內心的憤慨／卑視。因此「他媽的」，簡短、清晰而有力，扣合著時代的脈搏，由此表現出詩的批判與抗議精神來。

所以在這樣的創作意識下，詩人清楚的在詩前提出了他對於詩的創作理念：「詩是活人的詩，不是死人的詩。」[3]以強調詩歌創作的社會性、現實感、時代意識，以及一種實存的精神表現。就如傅承得在《吻印與刀痕》的序文中所倡導的詩觀：「讓文學走向社會，讓群眾親近文學」，且企圖通過明朗淺白的語言，讓讀者對詩作產生共鳴[4]。換言之，詩歌在此一創作理念下，強化了現實的影響效力，並經由「詩走向社會」而彰顯出詩與公眾之間的鏈結關係來。

因此，〈他媽的〉做為一首「現實詩學」的典範之作，深

---

[2] 魯迅的〈論他媽的〉一文，發表於1925年7月19日《語絲週刊》第37期，後收入《二心集》一書中，內文提到「他媽的」如口頭禪，在中國的土地上四處可聞，故他稱之為「國罵」，尤其是引車賣漿者流，語言粗鄙而憤激，尤其對那些「口上仁義禮智，心裡男盜女娼者」，多感不耐，常以「他媽的」之嘲罵對之。一洗心中的不屑。

[3] 詩人在此所用的「詩是活人的詩，不是死人的詩」，乃轉換自《馬太福音》第二十二章31-32節中的「上帝不是死人的上帝，乃是活人的上帝」之句，以此做為其詩歌創作的理念。

[4] 傅承得在1988年所出版的詩集《趕在風雨之前》的序言中，就開章明義提出，文學作品必須導洩憂悶，進而達到激勵人心的效果。又在1999年出版的《吻印與刀痕》的序文中，也強調文學要走入社會，讓更多人閱讀，就必須讓語言與表現手法更加明朗淺白。這些創作理念，幾乎是主導著他的詩歌創作趨向。

刻的反映了這一類詩作的創作趨向：強烈的社會現實性，並以群眾做為訴求的對象，以期能通過清朗的語言直達讀者的心臟。然而，做為詩文體，當詩人把它置於公共語境與場域話語間，必然的，也必須面對「詩性／社會性」、「個性／群眾性」的辯證關係。也就是說，類此之詩，在扣和著時代並尋求與讀者脈搏共振的當下，將如何展現著詩意實踐的可能？或者，詩在承擔社會使命與反應外在現實人生的同時，又如何顧及詩性空間的開展？是以，這樣的問題，有必要進一步釐清，以觀照馬華「現實詩學」的一個創作意義和前景來。

二、一個回顧：八〇年代馬華「現實詩歌」的考察

關於「現實詩學」，在定義上與「寫實主義」詩學的涵義還是有所不同。最主要的是「寫實主義」的詩，所關注的是一個客觀的真實性：忠實的反映現實生活，或對外在事物要求準確的描繪，不論是從輪廓、層次、空間、形象、習俗等，企圖以再現（representation）的方式，刻劃出真實的本質[5]。故其所呈現的是一種鏡照式的「反映論」，就如王夢鷗所指出的：「最重要之點，似乎就在於把我們所經驗的一切不加歪曲的再現出來」[6]，

---

[5] Dean Howells: "Realism is nothing more and nothing less than the truthful treatment of material." 這種對素材進行忠實的處理主張，無疑是是寫實主義詩歌的宗旨。參閱 C. Hugh Holman & William Harmon eds., *A Handvook to Literature* (New York: Macmillan Publishing Company, 1986), p.413.

[6] 王夢鷗：《文藝美學》（臺北：里仁出版社，2010年），頁55。

換句話說,「真即是美」,以接近真實的生活與社會的現象為詩作的標的。因此,類此之詩,在語言上一般力求淺白直接,內容重於形式,由此方便讀者能透過直顯的語言和簡化的形式表現,探入詩中的意旨,瞭解與認知現實的本質。

　　而「現實詩學」雖與「寫實主義」詩歌一樣,固然也堅持社會的批判性、反映時代,介入生活,唯它卻避去了「主義」論述下的特定框架,不純以反映外在客觀現實事物與社會現象做為表述,所以在某方面而言,它所彰顯的是一種風格,或立場,即對當下存在的命運、現實狀況與生存環境展現了一分人文關懷、使命感,以及憂患意識。就如阮美慧對此一概念所加以詮解的:「現實詩學具有『流動符徵』(Floating signifier)的特質,它並不僵化,而是充滿著流動性的語言與思維表現」[7]。因此,做為一種詩學的論述話語,它非只單純反映現實客觀環境,而且也藉由向外在現實對話之際,折射出了內在深刻的思考／精神表現,以及存在者所涵養的時代精神。即使所運用的是天馬行空的想像,或誇張手法,其形象仍然可以辨識,可以用以詮釋和批判實存的現象,而非僅是外在與內在靜態世界的呈現。

　　當然,就某方面而言,「現實」是詩人們投入社會所必然面對的實存之境,是以,他們所創構的文學語言,也必然會鏈結到其所處身的社會動態與時代狀況,反映出他們的現實意識與問題

---

[7] 阮美慧認為「現實詩學」這套論述系統,不只於強調社會生活,客觀現實,而且也注意到藝術形式的追求,所以它所表現的,是詩人觀察世界和表現生活的一種態度,也是詩人對詩的藝術手法與敘述方式的一種概括。相關論述見氏著:《戰後臺灣「現實詩學」研究──以笠詩社為考察中心》(臺北:學生書局,2008年),頁5。

來。另一方面,「存在於眼前」的「現實」,可界定詩人與社會之間的存在位置,以及其創作意識的趨向。因此,具有生命感的詩人,在逼視其生存環境時,不忘對現狀所產生的主觀性不滿,而引向詩歌象徵系統,以傳達出詩人對現實社會／國家的批判。

八〇年代中,前馬哈迪(Mahathir bin Mohamad 1925-)執政時期,大馬本土所發生的一系列政治、經濟、文化與教育事件,幾乎如風雨般襲捲整個華社[8],對種種族群問題的發展,更是引發一些華裔知識分子對未來前途憂心忡忡,就如傅承得於《趕在風雨之前》的序言上所指出的:

> 八七年抄華小罷課、巫青集會、阿當槍擊和大逮捕等事件。當時,我身在國都,雖沒躬與其會,卻感受漩渦邊緣的高度震盪。於是我想起八四年,學成歸國至今,時局彷彿不曾平靜過:政治、文化、經濟、教育、種族和黨派等課題,頻現危機。這段歲月所累積的情緒是:狐疑、憤

---

[8] 何國忠在〈政治語境下的國家文化和華人文化〉一文中,就曾經做過粗略的統計:1980年教育部宣布全國華小實施三M制,強調除華文與數學外,所有科目需以馬來文為教學媒介語;1982年9月,內政部發函通知,除了農曆新年外,均禁止華人舞獅活動;1983年10月,馬六甲州首席部長發文給相關單位,表示將剷平三保山;同年亦發生小五檢定考試歷史科考題竄改葉亞來做為吉隆坡開埠功臣的事實;1984年吉隆坡教育部發令華小在集會和其他活動必須說馬來語;1987年馬大中文系選修科風波;同年,教育部委派了不諳華語的馬來教師到華小任高職,並引來華社和各華基政黨的大力反對,後因聚集天后宮而引來風聲鶴唳的「茅草行動」(Operasi lalang),相關資料參閱何國忠:《馬來西亞華人:身分認同、文化與族群政治》(吉隆坡:華社研究中心出版,2006年版),頁107-108。

慮、失望、擔憂，甚至恐懼。[9]

這樣的氛圍，無疑是形成一分壓抑、苦悶與憂患的創傷意識；甚至經由各媒體的傳播，而逐漸鑄成了華社的一種「普遍經驗」——華族權益的失落。這樣的苦悶與精神創傷，形成了一種「感覺結構」，不但影響傅承得走向「現實詩學」語境的重要因素，也於八〇年代中，在馬華新詩場域形構了一股「現實詩」的創作風潮。最明顯的，這樣的創作詩風，同時亦可見於方昂、游川與陳強華的作品中。其中尤以游川為最，從他在1986年及1987年與方昂書信往來中，可以窺見他在這方面的深刻感觸：

> 我們的民族正處于一個水深火熱的年代，民權問題、民生問題、文化教育語言問題、甚至民族自尊問題，一直壓逼和困擾著我們，生存在這樣的年代，所寫的東西卻沒有這個時代的風貌，寫來幹鳥！[10]

或如他在回應方昂信中所提及的「身為華人，生存在這個時代這個國度的悲憤無奈」而堅信了自己在詩歌的創作理念：「要由訴苦變成怒吼」，且進一步的，強調其寫詩志不在文學，而是志在這個社會[11]。

---

[9] 傅承得：《趕在風雨之前》（吉隆坡：十方出版社，1988年），頁1。
[10] 游川：《游川詩全集》（吉隆坡：大將出版社，2007年），頁22。
[11] 同前註，頁23。在此，游川也提出了其創作的旨意，即在於發揚「生活的文學、社會的文學、政治的文學」，這意味著其詩要突顯出抗議精神，同時也要以平易近人的語言，走近群眾之中，以取得他們的認同。

因此,處於如此時空特質／情境之下,詩人們在感受到苦悶、壓迫與創傷中,將這分感覺方式,內化成思考與創作模式;或以詩,展現為一種抗議、批判,甚至無奈的哀怨與哀矜。如傅承得在《趕在風雨之前》的詩集內,大量運用「風雨」的符碼,在詩中展開憂患意識的敘述。那迴環反覆的聲調:「我的心中,交織風雨」、「我的心中,風急雨促」、「我的心中,風狂雨怒」(〈浴火的前身〉),或「山雨欲來,曲徑風緊」(〈山雨欲來〉)、「一場雨,在我心中下著」、「風狂雨暴前教陰暗忧目驚心」(〈木芙蓉〉)等等,無不在吟咏著詩人內心的動盪、擾亂、憂忿與不安。而政治風雨所造成的心理壓抑,無形中成了其內在現實的一種場景——

> 我是恐懼,月如
> 三十年來家國,仍由
> 不安、狐疑,和欺壓
> 統治每一寸美麗的河山
> 從獨立時齊心協力,高喊
> 響徹雲霄的歡呼
> 到如今,一有風吹草動
> 便傳來遍野哀鳴的驚悸

(〈驚魂〉)

也就是說,傅承得經由外在風雨與景物的描述,內化為其心中最真實的感受,進而通過個人主觀的情感與思想,呈現出族裔的困境現象與沉鬱心緒。在此,詩的表現手法是抒情的,但情緒

的釋放卻是躁動和充滿衝擊力;且抒情主體的傾訴,是建立在具體的創傷／欲望表述上——此時此地華裔族群的現實情態與精神焦慮。故詩人在此的獨白,是一種自我真實的揭露,同時也映現出族人在這塊土地上的存在困境。

總體而言,這十首以「月如」為傾訴對象的詩作,是一個集體族群存在於政治邊緣位置發聲的詩語,由「憂傷、悲痛、驚疑、淚泫、恐懼、無奈、不滿、狂怒、失望、幻滅」[12]等一連串情緒詞彙組成,陳述著一個族群面臨主體失落和心理創傷的現象。詩作言情也言志,個體自我轉化為族體,凜凜然直抒胸臆,讓私密緣情導向政治言說,以隱性的控訴和反抗語調,進行一種書寫訴求。此外,在某方面而言,這組詩,具有言史、記史、存

---

[12] 《趕在風雨之前》十首組詩,充斥著許多情緒性話語,如〈為的,是把它交付未來〉:「因為別人的呻吟中,我在／別人的憤恚裡,我也在」、「我們總得留下,連同／／一些不滿的文字／／以及抗拒的疤痕」;〈浴火的前身〉:「是的,狂怒,因為在這地方」;〈山雨欲來〉:「我們得戰戰競競,留心／枝椏擋道,石走沙飛」、「妳的驚悸,月如,自內心／／傳來,婉轉的傳達」、「呻吟破碎的身世」、「妳的擔憂,月如,自眼神／／流露,哀怨的訴說」;〈濛雨歲月〉:「而我,月如,不知怎的／／竟有刀俎間魚肉的悲哀」、「霉味四散的陰暗歲月／／狐疑隨時踏空與失足／／痛心、失望,進而怨倦」;〈驚魂〉:「在夜色驚魂不定的時刻」、「我是恐懼,月如／／三十年來家國,仍由／／不安、狐疑,和欺壓／／統治每一吋美麗的山河」、「到如今,一有風吹草動／／便傳來遍野哀鳴的驚悸」;〈因為我們如此深愛〉:「只是小小的心靈,已蒙上／／小小的恐懼與陰影」、「教所有子民,長期／／繃緊神經,長期驚疑」;〈長夜未旦〉:「不能不清醒的恐懼,教我／／再度起航」、「不是教人腸斷,便是淚泫」、「不同的悲痛是如此分明」、「長夜未旦,月如,麻痺與恐懼／／率領無奈、傷悲、謠言和災禍」等等。見傅承得:《趕在風雨之前》,頁5-50。

史的意圖,特別在此詩組的第一首,就開章明義的說出:

> 月如,我會用我的健筆
> 連著心,記錄與珍藏歷史
> 為的,是把它交付未來
> 五色混濛的如今,不見光亮
> 五色雜亂,不聞正雅

以及:

> 是啊!月如,就算不多
> 我們總得留下,連同
> 一些不滿的文字
> 以及抗拒的疤痕
> 讓後代,學習、記取,和警惕

雖然組詩中所陳述的歷史均為抽象,沒有事件,亦不具有任何具體事故做為史實以鑑來者。甚至,做為歷史符號的「513」,在組詩中雖然不斷被掘提出來,然而卻也不過是被用來做為引譬,以證之族群間的傾軋,或歷史仇恨重演的可能。唯在此必須指出,傅承得在詩中所要陳述的現實,不在於事件的發生,或對時政的直接評議,而是在於表現那時內心情感的直接感受,以及一分被置入族裔共同體式的情緒表達。所以不論是他引項羽焚宮的典故,以喻浴火重生的期待;還是挪「刪詩」的行為,嘲諷馬華政黨割讓族群的權益等,均只為了強調「民族、後代,以及民

生」的尊嚴與態度。故其挹注於詩中的，是苦難、壓迫、驚恐的心象圖景，是華社處在風雨飄搖中的一種感覺結構。因此無需明言事件始末，自也令讀者在共同意識中，明瞭詩裡所要指涉的內在意蘊。

易言之，傅承得在這組詩中所建構的現實書寫，是一種精神式的現實反映，或一種「此時此地」族裔存在困境的表述，尤其處在風雨飄搖的境域，凝視族群的存在現實，幾乎成了詩中最主要的軸心。這與陳強華在〈1991年5月4日寄給Blue〉所陳述的：

> Blue啊，我們是否浩浩蕩蕩
> 寫抗議，悲觀且多義的詩
> 還堅持多義理想
> 在風漬的白紙上
> Blue啊，是我們這個時代

有所不同，強華是以私我為出發點，而傅承得所書寫的，卻在於族裔共同體的憂患意識表現上。因此其關懷面，必須與族群意識相連接，或將個體的生命情感，置於群體的內部，以對國家機器的宰制化與種種不平等現象，發出彷徨與吶喊之聲。

所以這樣的詩，在語言的表述上，也必然的需以明朗、淺白、平易，清晰的方式，走入群眾之中，才能生效；也唯有如此，才能以眾志為志，悲憤群眾的悲憤，抗爭群眾的抗爭，而引起廣大群眾的迴響。然而縱觀傅承得的詩語言，卻受因中文系傳統文學訓練／學養的影響，以致於在遣詞、用字與句法的運用，都趨向了雅正。這類詩式語言（poetistic langueqe），無疑是一種

「向心式的獨語式」（centipetal monologic）語言，它具有相當封閉與統一的穩定性結構[13]。這也造成其詩在這方面走向了書齋／書面語的表述，而予本地中文水平不高的群眾／讀者，形成了某種閱讀感知上的隔閡。再加上詩做為一種隱喻系統的言說，使到讀者群仍然處在小眾之間，無法擴大。

反而是曾以子凡為筆名，出了三本詩集後，隱遁海外六載，及至1986年，改以游川（1953-2007）之名再重提詩筆返回詩界[14]，卻成功的以平實的手法，近乎於口語化而明朗的語言，短小且具有張力與暴發力的形式，將詩的現實與社會文化的現象結合在一起，甚至介入歷史、政治與國家體制之中，進行觀照、辯證與批判。如〈橡樹〉一詩，通過橡樹從巴西移殖馬來西亞，而被視為國寶；對照華裔南來落地生根五百年，卻被稱為移民，進行了深刻的諷刺。他的另一佳作〈五百萬張口〉，也是以對比的修辭手法，凸顯出華

---

[13] 巴赫汀（M. Mikhail Bakhtin）認為「詩式的語言」與小說式（novelistic）語言不同，它是屬於一種正統和雅正的語言，並會形構一個封閉式的語言系統。而小說式語言，卻以一種開放與互動式表現，做為語言的多元發展。當然，巴赫汀所提出的語言指涉，並不完全在於實際上的「詩」和「小說」語言，而是指出這兩種語言的不同點而已。參見Mikhail M. Bakhtin, "Discourse in Poetry and Discourse in the Novel." in Carl Emerson & Michael Holquist trans., Michael Holquist ed., *The Dialogical Imagination* (Austin: U. of Texas P, 1981), pp.280-295.

[14] 游川在1980年之前，以子凡的筆名，出版了《鞋子》（1975）、《嘔吐》（1977）、《回音》（1979）三本詩集，一直到1980年5月，他寫了一首題為〈詩人〉的詩感嘆詩人無為，無能改變社會，只做為民主的點綴，因此認為「詩人最好少開尊口，擲筆不寫詩」（見《游川詩全集》，頁153），從此之後，停筆六年。及至1986年10月才重拾詩筆，將以前自我存在之思，以及對生活的描述，轉成了對族群文化與政治的關懷，詩思漸深，也更具生活與生命的力度感。

裔族群在回教堂的威脅陰影下，顯得軟弱與無能為力：

> 我看見五百萬張口
> 大大小小張張合合喋喋不休
> 卻聽不到一點聲音
>
> 回教堂塔高高在上的擴音器
> 那單調的高音
> 卻像暗流如狂潮
> 威脅著我的心靈

　　整首詩簡短卻充滿著語言的張力：「五百萬張口喋喋不休所形成的噪音」隱喻著大家各有各的意見，以致於這些聲音變得毫無意義，因此成了一種存在的沉默——「沒有聲音」，相對於「回教堂高高在上」以及「單調的高音」，強烈彰顯出華裔族群如散沙的存在狀態。是以游川在詩中進行辯證的過程裡，讓讀者在閱讀時得到一種反思、批判的思維能力。其他詩，則如通過〈青雲亭〉，將青雲亭與清真廟宇對比，再經過歷史事件（513）的洗鍊，愈發突顯出三百年歷史／華裔族群身體（共同體）的老態龍鍾；或以詠物詩〈金馬崙橙〉，嘲諷華裔子弟在這片土地上，活著一代不如一代：

> 原本是潮州柳橙的品種
> 移植來此，不知道是
> 陽光太烈，雨水太淫

> 參種變孬,還是水土不好
> 才落得這幅模樣
> 唉!真是一代比一代辛酸
> 好在皮厚,還能賴在世上
> 只是不知道下一代成何體統
> 往後的日子是啥味道

　　詩作以物喻人,且透過「陽光太烈」、「雨水太淫」外在現實的逼迫,傷害、侵蝕,造成華族後代的存在困境——變質,似乎是存在於這片土地必然的過程。雖然詩的最後二句說明性過強,但就總體而言,整首詩的敘述還是相當完整。而從這些詩,可以窺見游川企圖通過個體的詩思,以展現出群體在歷史存在環境中的種種危機與困局。現實環境被內化為詩人內在世界的經驗,並被提升為凝視族群存在的憂患意識。這樣的表現手法,讓詩本質回歸到現實價值,不論是通過「象徵/詩想」,或「寓意/諷刺」的語言構成,其之現實精神仍在詩中,而且是用以擴大內在世界意涵的重要基礎。

　　所以從這方面來看,游川取徑於臺灣「笠」詩社所強調與提倡的「現實詩學」,經由反映現實、批判社會、展現時代的聲音,幾乎成了他大部分詩作的主軸。而「笠」詩社同仁在七〇年代中追求詩的「真摯性」、「抵抗精神」、「現實意識」,同時也不放棄詩的「藝術表現」[15],無疑已內化成他在詩創作的詩學

---

[15] 趙啟宏曾經提出:「詩的真摯性,乃是源於詩人本身的生活以及寫作態度的誠實。」(見趙啟宏:〈論詩的真摯性〉,《笠》詩刊第9期〔1965年10月〕,頁1。)而「笠」詩社的主要同仁鄭烱明則曾指出:「詩的意識性與

方法,或理念。是以他曾自白:

> 我很注重作品裡的民族意識和時代精神,但是,我還不至於只求這方面,而不講究藝術性,違反藝術規律,忽略藝術特點。[16]

這樣的創作理念,與趙天儀在「笠」詩社的座談會中提出的主張:

> 有現實經驗,不一定能反應現實。換句話說,現實的題材未必是詩或藝術的,轉化成藝術的題材,才是詩。[17]

不謀而合。游川在八六年至九〇年的詩作,有不少作品具備了這樣的精神,如:〈一開口〉、〈老鄉〉、〈獅問〉、〈中國茶〉、〈神啊,祢們要自己保重〉、〈家庭電器〉、〈馬來風光〉等等,不論戲謔、嘲諷、批判,或揭露,保有著現實與藝術技巧表現的詩質。然而也因為其詩的口語化,以及強調詩語言的淺白、平樸、明晰,卻也將詩劃向一個隨時都有可能覆沒於淡而寡味,甚至「淡出鳥來」的死水界域。如他常在朗誦詩中,被人津津樂道的詩作〈鳥權〉:

藝術性,其實就是詩的精神論與方法論,不該有所偏頗。」參見吳俊賢紀錄:〈詩與現實——北部座談會記錄〉,《笠》120期(1984年4月),頁8。

[16] 游川:〈致方昂函(摘錄)〉,1987年4月29日。收入氏著:《游川詩全集》,頁24。

[17] 趙天儀的談話,引自吳俊賢紀錄:〈詩與現實——北部座談會記錄〉,《笠》120期(1984年4月),頁18。

「時代的聲音？」——作爲八〇年代後馬華「現實詩學」創作的一個省思

> 唱你不愛聽的歌
> 被鎖了起來也認命了
> 唱你愛聽的歌
> 也給關了起來我就不明白
> 你也沒有必要解釋
> 鳥根本就沒有甚麼鳥權可言

此詩，實際上缺少了一種幽隱曲折的詩質，尤其是後兩行，直明意旨，使得整首詩陷入一個言說的目的論之中，以致詩性被驅逐出詩之外，即使通過「即物」演繹，仍無法拯救詩性的陷落。所以游川的許多詩，因為語言明朗淺顯，加上口語化特色，是以最適合用在「聲音的演出」，或詩朗誦上，以去召喚更多的聽眾進入他的詩音言說中，以此達到共知共感的體驗，進而形成一個集體式的感覺結構。

總而言之，詩與現實的辯證關係，是有其歷史語境與時代境況的興發；詩人的經驗、人生歷練、存在情態，以及所面對的種種政治、文化與教育事件，這些都將成為詩人詩歌創作的基材，以拓展出一個現實語境的詩性空間。傅承得和游川兩人，在八〇年代以降馬華「現實詩學」的開展上，是有著其等特殊的地位。尤其是當他們的詩歌創作理念，都趨向同一個語境系統，「風雨」成了他們頻繁使用的憂患符碼，在族群空間，集結著一分壓抑與潛在陰影，並在淺明的語言中，企圖去捕捉種種現實的聲音、時代的蜃影、社會的現象、政治的問題，族群的悲愴等等。所以基於這樣的認知，在尋求強化詩文體的「現實」影響效力下，讓詩走向大眾化之下而成為大眾化的作品，以發揮詩之現

實精神表現，促動族群的省覺和凝塑精神結構。因此，詩最後必然要脫離私領域，而從文字書寫掙脫出來，以聲音走入民間，並讓朗誦連結著公眾共同的情感記憶與文化價值觀。是以，在追求「現實詩學」的語境上，八〇年代末詩歌的聲音演出，到九〇年代中的「動地吟」，無疑成了這類詩歌必然形成的舞臺與趨向，也影響了一些詩人與後來者的創作觀，由此而擴大了馬華「現實詩學」創作的領土與版圖。

三、時代的聲音：九〇年代動地吟式的詩歌演繹

傅承得曾經在幾篇文章中不斷反覆陳述「動地吟」的起因：因為八〇年代中馬來西亞政經文教的風起雲湧，使華社知識分子心有積憤與壓抑，因此筆下成詩，直批時事；最後基於對現實的關懷，就將文字化成聲音演出，讓詩輕裝上陣，走向民間[18]。這樣的一分自白，道盡了馬華「現實詩學」的表演性格——詩，只有正視現實，關懷社會，批判時政，並召喚出大眾的精神意志，才成其為意義。

因此，「動地吟」中所朗誦的詩，絕大部分都屬於時代的聲音，或與馬華的政經文化危機交互結構。所選的其他詩人的詩作，不離「熱血、愛國，民族情性」[19]的特質。它集結了同代詩人

---

[18] 參閱傅承得：〈故事——「動地吟」與政治〉，收入劉藝婉、傅承得編：《彷彿魔法，讓人著迷——動地吟二十年紀念文集》（吉隆坡：大將出版社，2009年），頁284-285。

[19] 傅承德〈于無聲處聽驚雷，敢有歌吟動地哀〉一文提到「動地吟」詩朗

題材相近的的作品,並組合了志同道合的詩人,在舞臺上以「演出」的方式,讓詩歌通過聲音／身體,去進行現實政治、文化批判的灌輸／傳播,由此以凝聚聽眾(華族)心中的情感認知。

然而經過了二十五年,「動地吟」總共舉辦了六次[20],活動幅度擴展得越來越大,尤其是「99年動地吟」,全國巡迴了二十二場,其聲勢之浩大,在馬華詩歌朗誦活動史上,可謂空前。可是,在這樣聲勢壯觀,且具持續性的「動地吟」詩朗／表演活動過程裡,我們總不免會想要問,「動地吟」到底是一種詩歌運動呢?或已衍繹為社會運動?它到底又能為馬華現代詩歌的發展,帶來一種怎樣的氣象和景況?

其實,就表演理論而言,「聲音演出,詩歌上臺」,可以說是一種公開的表述行為,不論是對歷史的回顧、社會現實的批判、愛國意識的宣揚等等,所以詩一旦被朗誦出來,進入廣場,就成了一種意識傳播的方式。它在進行的是一種召喚(interpellation),召喚出具有共同意識的群體來。然而,這裡所要提問的是,來聽「動地吟」詩朗會的觀眾,是基於對詩歌的文學理念,或聲音的演出而來呢?或是因為被詩中充滿著激情的現實政治、社會批判意識／內容所吸引?換句話說,是「詩歌被帶入社會」呢?或「社會被帶入詩歌」來?

縱觀歷次「動地吟」詩朗會的活動,都是在政治敏感時刻的

會的選詩內容,是以「熱血、愛國、民族情性」為考量的現代詩作。並期待能透過詩歌朗誦,沸騰起炙熱的家國情懷。參閱劉藝婉、傅承得編:《彷彿魔法,讓人著迷——動地吟二十年紀念文集》,頁247。

[20] 「動地吟」詩歌朗誦會的活動,若從其前緣,1988年「聲音的演出」與1990年的變奏「肝膽行」計算在內,及至2012(「1990動地吟」、「1999動地吟」、「2008動地吟」、「2012動地吟」)共舉辦了六次。

大選前後[21]舉辦的,而其所選的詩人詩作,大部分是以「對家國的愛恨」,以及「批判時弊、社會與政治」為主要的選項。因此,詩是用來表達憤慨與抗議,以及族人的憂患意識[22],是敢有歌吟,是動地而哀。所以,1989年「動地吟」所朗誦的詩,主要的是傅承得那一系列〈趕在風雨之前〉的組詩、〈我要一個國家〉等;游川的〈青雲亭〉、〈馬來風光〉、〈一開口〉、〈金馬崙橙〉;小曼〈皮箱的故事〉;何乃健的〈海棠〉、〈掌紋〉;溫任平的詩〈我們佇候在險灘〉;辛吟松的〈夜思——三十年來家國〉等等。這些詩作的內容,都集中在憂患意識與民族情懷的表現上,故通過詩歌朗誦的召喚,才能與聽眾相濡以沫,也才能在共同的感覺結構中找到彼此的族魂。一如傅承得在一場為華社資料研究中心而朗之前的文章所寫的:

> 文學已到了歷史長河的轉折處,詩歌再也不滿足於自我悲憫或膚淺寫實的層面上了。要談社會批判與現實真相,讓我們去碰觸最尖銳的課題吧![23]

---

[21] 在〈故事——「動地吟」與政治〉中,傅承得曾有這樣的描述:「金城突然說:『你有沒有發現,主辦動地吟的日期,總落在大選前後?』我心裡盤算:1988年的『聲音的演出』,1989年的『動地吟』,1990年的『肝膽行』,1999年的『99動地吟』,以及這次(2008年)的『動地吟紀念游川』,都是。」見劉藝婉、傅承得編:《彷彿魔法,讓人著迷——動地吟二十年紀念文集》,頁284。其實,2012年的「動地吟」,也是在大選年舉辦的。

[22] 見辛金順:〈敢有歌吟動地哀——訪游川與傅承得〉,收入劉藝婉、傅承得編:《彷彿魔法,讓人著迷——動地吟二十年紀念文集》,頁56。

[23] 傅承得:〈在歷史長河的轉折處——寫在「動地吟」為華資而朗之前〉,收入劉藝婉、傅承得編:《彷彿魔法,讓人著迷——動地吟二十年紀念文集》,頁90。

詩的特質不見了,只有「尖銳的課題」,或許才是真正吸引身處風雨壓迫中聽眾(華族)的到來吧?

而十年後的1999年,「動地吟」的場次擴大,也橫跨全馬,所選的詩人詩作,更為繁多。然而詩仍然在記錄「風雨」聲中,強調關愛與傷害,強調批判與嘲諷,強調須扣緊時代脈搏前行[24]。雖然朗誦的詩人群中增加了一些年輕創作者,如林金城、鄭雲城、呂育陶、張光前、周若鵬等,但詩的主題表現,絕大部分圍繞於對政治社會問題的批判與嘲諷,其語言淺白,意旨直露。如林金城的〈停電頌〉,以諷刺的口語式,批評國家能源私營化後的效率問題,導致了一場全國的大停電:

> 不停就不知道你有多厲害
> 害到我們白白高興了一場
> 以為吉隆坡塔當晚的光芒
> 可以照亮整個半島,甚至國外
> 讓全世界都羨慕得心理怪怪
>
> 不停就根本不知道你真快
> 全國的電流,骨排似的說拜拜
> 你說不能保證未來,我也不敢期待
> 賠償事小,國防事大
> 別讓妒嫉我們的人笑開了懷
> 乘黑夜偷襲,那比甚麼都壞

---

[24] 參閱游川等著:〈序文〉,收入傳承得主編:《吻印與刀痕》(吉隆坡:千秋事業出版,1999年),頁1。

詩句壓韻，行句如歌詞，旨趣淡薄，無法把對現實的批判與關心的焦點，從外在描述轉入內表現層次，然而在政治社會意識的傳達上，它卻是一首成功的朗誦詩。

　　同樣的，鄭雲城所選的朗誦詩作，如〈私營化計劃〉亦是用一種直顯而露，或以說明式的語言性質去批判政府工程私營化的弊病，它沒有留下讓人可以想像的空隙，而是直接的向聽眾進行現實批判的訴求，將私營化計畫中飽私囊，公為私賄的問題簡單的戲謔為：

　　　　原來賺錢的　　現在是我的
　　　　原來賠本的　　還是政府的
　　　　原來賺錢的　　現在是我的
　　　　原來賠本的　　還是政府的

及：

　　　　賺錢的　　我的
　　　　賠本的　　政府的
　　　　賺錢的　　我的
　　　　賠本的　　人民的…

詩的功能，在此純為訊息的傳達，是在一種「目的論」之下進行的。是而，語言成為承載訊息的工具，而非藝術的表現，或詩意的呈傳。易言之，這類詩主要目的還是在於通過直接的訊息表達，以去凝聚讀者／聽眾的共同意識與理念，或以一種「召喚」

的方式,在同一個立場下,塑造成一個想像共同體的意識認知。

此外,較年輕的詩人,如善於創作後現代詩語言與技藝表現的呂育陶,處在朗誦會中,卻也選出詩旨明朗,語言平實與清晰的作品,做為其對現實社會揭示與批判的表述,〈不干預內政運動〉一詩,即通過戲謔與嘲諷的方式,諷刺大馬政府在安華被革職與被控上十項罪名入獄,甚至在獄中,眼睛被毆至瘀血烏青事件,引起人權問題及受到國際友邦紛紛聲援,然而東協各鄰國卻在「不干預內政」原則下,緘默不言,給予嘲諷:

> 不吶喊不咒罵不呻吟
> 不鞭打將軍的罪行
> 不渲染野火的陰謀
> 不藉機斗售人權的教條
> 道德的外衣

且引出了後一段:

> 請勿指責鄰人狐臭
> 當你自己
> 當你自己也罹患口臭
> 請大聲跟我說:「我們都是一家人
> 一家他們也是人」

一針見血的揭示所見。現實的關懷,社會與政治議題固然常可在呂育陶詩中有所讀到,然而就詩語言上而言,這首詩的表現,無

疑比他過往詩作的語言更見明朗與直接。所以，參與了「動地吟」詩歌朗誦會後，啟發他：想要與群眾共在，讓群眾欣賞與關心詩，就需讓朗著的詩走入群眾之中[25]。這也預示了他後來詩作風格與語言的轉向，且慢慢向「現實詩學」靠攏。

而曾經是傅承得學生的周若鵬，是眾詩人裡最能繼承「現實詩學」的創作理念者。在他的許多詩作中，都可以窺見他在這方面的創作意識趨向，如〈短劍的性高潮〉，嘲謔巫青團領袖每一年代表大會高舉馬來短劍，徒惹出族群的心理恐慌，也突顯出了他們的無能，只能以自慰式的形式，見證自己的存在：

　　一把帶鏽的短劍
　　在狹窄的鞘中
　　自慰，進進出出想借
　　一次性高潮射向天空
　　高呼
　　我存在

而他在「動地吟」朗誦會的詩選中，所呈現的詩作，也是淺

---

[25] 在呂育陶於2008年4月13日文藝春秋發表的〈讓朗著的詩走向人群〉一文，曾提出：「對一個追尋詩的語言質感，力求每行詩都負載大量意象和訊息的詩人來說，詩歌朗誦彷彿是本身對文字潔癖的背叛，意象太繁雜的詩朗誦起來，一如噴霧器把觀眾的想象和視野都塗上一層厚重的煙霧，無法引起共鳴的同時，還讓群眾更加遠離詩人。」及「『動地吟』給了我啟示和推動力，讓我學會用另一種角度看待詩。與其關在書房裡埋怨群眾不欣賞不關心我們的詩，我們何不讓朗著的詩走向人群？讓詩流傳得更遠更廣，也是一種使命。」收入劉藝婉、傅承得編：《彷彿魔法，讓人著迷——動地吟二十年紀念文集》，頁308-309。

白直接,如〈茨廠街不是China Town〉一詩,強調的是,只有西方國家才會有唐人街的存在,那是華人移民的聚居空間,是政治與文化身分認同的鄉愁之地,是國之異鄉。而在馬來西亞,茨廠街被稱為China Town,成了一種異化華族族群的地誌,一個移民身分的戳記。所以詩人誦出:

> 他們用中文字塊
> 在紐約在多倫多在悉尼
> 建築黑髮黃膚孤堡
> 走入China Town,就
> 走出紐約
> 走出多倫多走出悉尼
>
> 茨廠街長在自己的國家
> 各族用熟悉的語言喊買
> 叫賣
> 出入茨廠街
> 依然是馬來西亞
> 茨廠街不是China Town
> 我們不需要[26]

身分認同在此,成了詩人在朗誦時念茲在茲的課題,其背後所呈現的,卻是愛國的精神。故林春美與張永修曾經指出,

---

[26] 游川等著:〈序文〉,收入傅承得主編:《吻印與刀痕》,頁74。

「99年動地吟」的詩冊中，近乎三分之一的詩作，是屬於「愛國詩」類[27]。詩冊所選的詩，從早期吳岸所寫的〈祖國〉、馬田的〈我要為祖國歌唱〉、彼岸的〈馳騁在祖國的大道上〉，及至九〇年代中辛金順所寫的〈最後的家園〉等，都明顯表現出這方面的強烈色彩。故詩歌在朗誦會中，不斷通過聲音召喚，或以骨骼宣示，忠於自己生養的土地，同時卻也在種種政策的不平中，以批判和揭示，經由詩的「聲音／身體」，對現實狀態，給予沉痛的抨擊。這樣的詩作題材，不論是2008年，還是2012年所舉辦的「動地吟」，依然屬於朗誦詩作中的大宗。

因此，當詩被決定走向民間，走向廣場時，也表示詩歌必須放逐繁複的意象，或詩的技藝手法需以簡化，並需以簡樸和淺白，以及比較直顯的語言，去傳達對現實政治與社會的批判觀點，傳達華社的心聲。是以，在這樣的理念下，詩的內容與政治性格，必然超凌一切，或以一種不閃躲、不隱匿的姿態，對當權者進行批叛與抗議的話語，以引起群眾共鳴。因此詩，訴諸於反抗，或表現著被壓迫者的心聲，在以朗誦與傳達訊息（意識形態？），以及擁抱群眾為目的之下，導致詩將會被寫得趨向淺白，或者口語化。所以，為了強化訊息的傳達，詩在被朗誦出來的過程，總會借助於身體表演，聲音的演繹，甚至通過道具、魔術，以及被譜成曲而唱出來等等。換句話說，詩在朗誦臺上，需「當下」的時間，將詩中訊息，如批判國家制度、政策或種種現實社會現象，通過具體、即刻性和最有效的方式，傳達給臺下的

---

[27] 林春美、張永修：〈從「動地吟」看馬華詩人的身分認同〉，收入劉藝婉、傅承得編：《彷彿魔法，讓人著迷——動地吟二十年紀念文集》，頁258。

聽眾,使到臺上的表演者與臺下的聽眾,能在共同的意識下,達到集體意識的共時凝聚。故在這樣的狀況下,詩只成了訊息(意識型態)傳達的載體,詩的語言無形中卻陷落於朗誦臺上,以致於最後卻成了「詩歌上臺,詩意下臺」和「詩入廣場,詩性泯滅」的結果。

是以,當詩以朗誦走入民間,企圖擁抱大眾時,詩的語言也必須被降到讓大眾能即刻聽懂的水平。所以不論是對政治、社會、文化、歷史等種種議題的提出與針砭,批判意識的傳達,均無法以高密度的詩語言統合意象,或通過詩的內在音節加以表現。這也使得詩創作,在公共／廣場語言的創作意識指導之中,不得不將詩語言本身所追求的獨創性,完全放逐於詩之外。這類的詩,最後只剩下「社會功能」,以去完成其「社會實踐」的意義。

然而,這樣的「現實詩學」,在「動地吟」朗誦詩運動與詩作的鼓動,以及詩觀的引導之下,將會把馬華「現實詩學」,帶向詩創作的哪一個方向去?

四、尚未完成的結論

自八〇年代中以降,馬華現代詩中的現實書寫,實際上並未形成一種詩文體運動。如游川與傅承得二人,他們念茲在茲的,無非是想要讓詩走入群眾之中,走入廣場,走向民間。詩對現實的批判,對政治／當權者的不公不平政策的抨擊與抗議,對文化與教育的關懷等,必須在影響效力的訴求上,找到一個可以被放大和強化的效應。因此,詩的語言就必須進行「自我的坎陷」,以清晰、平實的語言,來鏈結群眾的觀念,或凝聚著族群的共同意識,尤其是

朗誦詩作，將詩意出讓給政治意識，使詩在走上舞臺的同時，卻讓詩被隱蔽起來，而只剩下議題、意識和理念的傳達。

因此，「他媽的」讓詩直顯為一種情緒的發洩，或意識的召喚，一種被放大和強化的訴求。詩旨的說明，讓詩的現實書寫，陷落在「目的論」之下，而可能找不到旨趣，並讓詩，永遠流落在廣場空洞的空間上，以致回不了詩真正的家。

參考書目

王夢鷗，《文藝美學》，臺北：里仁出版社，2010。

何國忠，《馬來西亞華人：身分認同、文化與族群政治》，吉隆坡：華社研究中心出版，2006版。

阮美慧，《戰後臺灣「現實詩學」研究——以笠詩社為考察中心》，臺北：學生書局，2008。

陳強華，《那年我回到馬來西亞》，吉隆坡：彩虹出版社，1998。

傅承得，《趕在風雨之前》，吉隆坡：十方出版社，1988。

游川，《游川詩全集》，吉隆坡：大將出版社，2007。

游川等著《吻印與刀痕》〈序文〉，吉隆坡：千秋事業出版，1999。

劉藝婉、傅承得編，《彷彿魔法，讓人著迷——動地吟二十年紀念文集》吉隆坡：大將出版社，2009。

C. Hugh Holman & William Harmon eds., *A Handvook to Literature* New York: Macmillan Publishing Company, 1986.

Mikhail M. Bakhtin, "Discourse in Poetry and Discourse in the Novel." in Carl Emerson & Michael Holquist trans., Micahael Holquist ed., *The Dialogical Imagination* Austin: U. of Texas P, 1981.

擬象與轉繹

──論六、七〇年代臺灣現代詩對馬華現代詩的影響

一、

　　現代詩做為一種文學符號／文類，在馬華現代文學的系統中，無疑是具有一種先鋒式的話語表現，這主要是自六〇年代以前，占據馬華文學場域的，是以現實主義文學為主流，其所形成的文學話語霸權，幾乎籠罩和宰制了整個馬華文學生產[1]。因此，凡是與現實主義書寫表現相背，或不同者，一概被冠上毒草、黃色、病態、頹廢和叛逆的罪名。所以在這樣的霸權文學意識主流之下，現代文學的崛起，自也受到了極之嚴苛的打擊和壓迫。

　　另一方面，從早期僑民文學、左翼新興文學、南洋色彩文學，及至馬來亞本土意識的塑構，以現實主義為美學架構的馬華文學，總是一再強調對人生與社會的關懷，而反對個人主義的張揚。這些深受中國革命文學話語與社會現實主義影響的創作路向，幾乎已成了馬華文學書寫工程中一種類型化的範式。易言

---

[1] 李有成在受到張錦忠的訪問時，曾提及當時他處身在六〇年代末的感受，認為當時的整個文學生產全被社會現實主義的意識形態話語所壟斷，使的非寫實主義的創作均被視為一種逾越，或一種叛逆。見〈過去的時間、不同的空間：李有成答張錦忠越洋電郵訪談〉，《星洲日報文藝春秋》，2007年4月22日。

之,此一生產模式,成了馬華文學自1919年以來最主要的寫作核心,它與中國文學思潮的變動是相依相附的。而這樣的書寫系統開始面對最大的挑戰,是始於五○年代末和六○年代初現代主義文學的冒現,尤其是以現代詩做為主決和先鋒的角色,對馬華現實主義文學進行折樽衝俎的鬥爭,由此而開啟了馬華文學現代主義的第一波「文學反叛運動」[2],同時,也形成了現代文學在馬華文學(史)上未來發展的一個新趨向。

因此,現代詩在五○年代末和六○年代初做為馬華文學(史)的一個新生異端,一方面反撥了現實詩學空洞口號化和泛道德化的取向,另一方面卻企圖衝破馬華文學現實傳統所主導的文學創作指標,而提出另一種美學品味和技藝形式要求。這一如溫任平在〈馬華現代文學的意義和未來發展:一個史的回顧與前瞻〉中所指出的,現代詩通過了追求個人精神解放、思索存在意蘊,或挖掘內心的心理現象種種,以自我逾越的創作書寫,穿透了馬華現實主義的牢籠,而在六○年代初,成了一股新興文學的力量[3]。或套句白垚的話說,現代詩以叛逆的行為揭櫫而起,在當時成了一股文學運動,[4]使得馬華文學書寫方式,有了另一種轉折和不同的展現。

---

[2] 張錦忠:〈白垚與馬華文學的第一波現代主義風潮〉,收入郭蓮花、林春美編:《江湖、家國與中文文學》(吉隆坡:博得拉大學,2010年),頁223。

[3] 溫任平:《憤怒的回顧》(安順:天狼星,1980年),頁65。

[4] 白垚在〈林裡分歧的路:反叛文學的抉擇〉一文中,以回憶的方式指出,自五○年代末期,現代詩以叛逆者揭竿而起後,突破了長久以來壟斷馬華文壇的現實主義版圖,進而激發了一場影響深遠的現代詩/文學運動。參閱白垚:《縷雲起於綠草:散文、詩、歌劇文本》(八打靈:大夢書房,2007年),頁82。

然而在那樣的時間和場域，我們也不禁然要問，現代詩在馬華文學系統中的產生、運作和表現，是在怎樣的一個脈絡下形成？從詩類型的知識轉型裡，它將會趨向一種怎麼樣的建構，轉向，和再建構？換句話說，現代詩在馬華的文學系統中，如何展現出自我意識和主體話語？以及如何與本土空間進行對應關係？是以，本文將從這幾個面向進行回顧與探析，進而通過追蹤現代詩在馬華文學的傳播空間裡，去尋思其之轉折的取向和意義。

二、

談到馬華現代詩的崛起，論者無不均舉《蕉風》月刊、《學生週報》做為現代詩濫觴的據點[5]。尤其《蕉風》月刊，更是現代詩話語生產的大本營。而依據溫任平的說法，自白垚在1959年3月於《學生週報》（137期）發表的第一首現代詩〈麻河靜立〉開始，就可謂為馬華現代文學風潮的湧起[6]。後來，現代詩的催

---

[5] 溫任平編：《馬華文學》（香港：文藝書屋，1974年）。以及張錦忠在〈亞洲現代主義的離散路徑：白垚與馬華文學的第一波現代主義風潮〉亦曾提及，「在白垚與黃崖的推動之下，《蕉風》月刊與《學生週報》展開了文學現代主義風氣，掀起星馬第一波文學現代性浪潮。」見郭蓮花、林春美編：《江湖、家國與中文文學》（吉隆坡：博得拉大學，2010年），頁221。

[6] 如注3。但已故學者陳應德卻不認同白垚的〈麻河靜立〉是馬華第一首現代詩。他將時間推得更早，而舉出三〇年代期間傅尚槀的〈夏天〉（發表於1934）為第一首具有現代意識的詩。即使是1952年發表的威北華之詩〈石獅子〉，亦比白垚的詩早七年。見陳應德：〈從馬華文壇第一首現代詩談起〉，收入江銘輝編：《馬華文學的新解讀》（吉隆坡：馬來西亞留臺聯總，1999年），頁346。後來溫任平以〈馬華第一首現代詩與典律建構〉回應，指出傅尚槀的〈夏天〉與威北華的〈石獅子〉純是個

化,則被轉移到《蕉風》月刊上來,以進行更積極的推動。如白垚以凌冷的筆名,在1959年4月的《蕉風》月刊(78期)發表了〈新詩的再革命〉一文,揭櫫現代新詩的大纛,提出了五點新詩革命的意見,如:

一、新詩是舊詩橫的移植,不是縱的繼承;
二、格律與韻腳的廢除;
三、由內容決定形式;
四、主知與主情;
五、新與舊,好與壞的選擇,亦是詩質的革命。

這五點意見,乍看與臺灣現代詩派在1956年2月成立時所高舉的「六大信條」頗為類似[7]。不論是詩「乃橫的移植,非縱的繼承」、「詩的主知性」到「詩質純粹性」等,均脫離不了紀弦所高舉的「自波特萊爾以降一切新興詩派之精神與要素」的主張。

易言之,此一新詩再革命的宣言,有著從臺灣現代詩學轉繹過來的徵象。一如張錦忠所揭示的,白垚在五〇年代初留學臺

案,並無後續的作品助興,更無理論的輔佐,以致無法掀起現代主義思潮,並影響後來者。見《星洲日報‧星洲廣場》,2008年6月1日。

[7] 由紀弦發起的現代派,於1956年元月十六日,於現代派詩人第一屆年會宣告成立,並以「領導新詩的再革命,推行新詩的現代化」為職志,並宣告了現代派的「六大信條」:一、揚棄並發揚光大地包容了自波特來爾以降一切新興詩派之精神與要素;二、認為新詩乃橫的移植,而非縱的繼承;三、詩的新大陸之探險、詩的處女地之開拓。新的內容之表現,新的形式之創造,新的工具之發現,新的手法之發命;四、知性之強調;五、追求詩的純粹性;六、愛國。反共。擁護自由與民主。

灣,故不可能不知道「現代派」,或不受其影響[8]。實際上,從五〇年代末以降,《蕉風》月刊已開始引進了臺灣現代詩人的詩作與理論話語,如在第76期(1959.02),刊登了覃子豪〈臺灣十年來的新詩〉一文,介紹了臺灣自1949年國民政府遷臺後十年間現代詩人的詩作與詩社活動表現,其中陳述了現代性想像話語的轉繹和傳播現象;而80期(1959.06)則隨刊附送了一本以白垚主編,羅門、余光中、周夢蝶,葉珊等臺灣詩人與少數本地詩人詩作所編成《美的V形》新詩特刊,83期(1959.09)又附送了由端木羚和阮囊等人所著的詩選集《郊遊》。這兩本詩冊,配合覃子豪在《蕉風》月刊所刊登的現代詩教學示範文章[9],以批改詩作的方式,揭示詩創作的立意、內容、結構、句法、節奏與形象意境等,與寫實詩作的創作技巧與方法完全不同,這對馬華年輕一輩的新詩創作／讀者,必然會留下了啟發和深刻的影響。第94期《蕉風》月刊(1960.08)則大張旗鼓,推出了「新詩研究專輯」,探討新詩的未來走向。因此,從某方面而言,我們可以從這一系列現代詩的推介,看出《蕉風》月刊在新詩的推動力量,而不管是通過借助臺灣詩人詩作／理論的詩學傳播,或對新詩進行譯介和關注,《蕉風》月刊都可以說是在五〇年代末,正式掀開了臺灣現代新詩對馬華新詩影響的重要一頁。

---

[8] 張錦忠:〈離境,或重寫馬華文學史:從馬華文學到新興華文文學〉,收入氏著:《南洋論述——馬華文學與文化屬性》(臺北:麥田,2003年),頁53。

[9] 覃子豪在第83期(1959年9月)發表了〈象徵與比喻〉,88期(1960年2月),則有〈由抽象到具象〉的現代詩創作技巧教示,這類細緻解剖詩作的詩法教學,對馬華新詩創作者而言,無疑灌輸了一套與現實主義詩歌迥然不同的創作方法,深信亦會留給他們一定的影響性。

除此,《蕉風》月刊也在黃崖於1962年擔任主編時,大量引進了臺灣詩人的詩作。凡是當時臺灣現代詩的新銳與老將,如紀弦、覃子豪、鍾鼎文、余光中、彭邦楨、瘂弦、羅門、周夢蝶、夏菁、張默、洛夫、向明、楚戈、蓉子、敻虹、辛鬱、葉珊、菩提、麥穗、黃用、張健、吳望堯、吳晟、蔣勳等,都大部分曾在六〇年代的《蕉風》月刊發表/轉載過詩作。這樣一個龐大陣容的詩人群,經由詩作跨海傳播的同時,提供了現代詩文體的話語想像,尤其在創作修辭、語言巧變、歧義性,以及技藝的展現等,也帶給了馬華新詩場域一個很大的衝擊。

　　而這些臺灣現代詩人,不論是出自強調「橫的移植」,追求知性與純粹性的現代派,或主抒情,肯定象徵主義與自鑄新詞的藍星詩人,還是提出超現實主義創作的創世紀成員,甚至以即物詩學切入臺灣現代詩的笠詩社社員等,在當時無不將詩作匯聚於《蕉風》月刊上,由此交疊成了現代詩的一場場創作演示。所以,當時《蕉風》月刊所引入和傳播的,不只是一種新興詩體的表現,或各個詩人詩作風格的展演,其同時也將轉繹自西方現代主義的修辭技巧引進了馬華文學新詩場域中,並以張揚個性和現代感的追尋,塑造出自我主體的精神氣象。這對長久處於詩風保守、語言粗糙僵化,缺乏美學意識的社會寫實主義詩潮中之年青詩人而言,無疑產生了很大的吸引力和衝擊力。特別是那些具有前衛性與求變求新的創作者,早已對當時流行而空洞化的愛國口號詩,存在著棄之不足為惜的心理,因此一旦接觸到援用西方修辭技術和具有現代精神風格的現代詩,自也容易產生認同感。

　　一如李有成在回憶他的創作歷程時所陳述的,其早期所創作的詩,均符合現實主義的美學標準與政治要求,詩也表現出了熱

愛土地和歌頌勞動階層的內容。然而年紀漸長，涉世漸深後，卻對那語言陳腐，形式俗套，充滿政治意識的社會現實主義詩歌，深感有所不足。因此轉而尋求不同的語言和行式來表達個體的關懷，那時正在興起的現代詩，遂成了激發他創作的另一方向[10]。此外，當時擔任天狼星詩社社長的溫任平，則以更激進和更激烈的語言，批評了六〇年代寫實詩歌為豆腐干體、白開水及流於工農兵口號，完全不具備詩歌的特質[11]，是以他認為對此「虛有其表、虛張聲勢」[12]的現實主義詩歌，應該進行全面性的改革。改革的方式，無非是借鏡臺灣現代詩的修辭技藝與符號想像，以在馬華詩場域中，展開一個代換的工程。

另一方面，當時一些留學臺灣的旅臺生，除了在1957年回馬的白垚之外，餘者如王潤華、陌上桑、淡瑩、陳鵬翔、林綠等，仍留在臺灣。他們身處臺灣現代主義風潮裡，又在主導臺灣文學理論的外文系學習，因此勢必無法自免於現代主義思潮的洗禮。而他們在六〇年代中，常有詩稿和理論的譯介寄交《蕉風》月刊登用。所以魯鏘才曾直接的指出：「現代詩，是去臺灣唸書的學生帶回來的一種新風氣」[13]。因此，這些留臺生，對馬華現代主

---

[10] 李有成在馬來西亞金寶拉曼大學中華研究中心於2012年7月7日至8日主辦的「時代、典律、本土性：馬華現代詩國際學術研討會」中所宣讀的專題演講〈詩的政治：有關一九六〇年代馬華現代詩的若干回憶與省思〉，頁3。

[11] 溫任平主編：「跂」〈血嬰——寫在「大馬詩選」編後〉，《大馬詩選》（美羅：天狼星，1974年），頁304。

[12] 相關對現實主義詩風的批判，見溫任平：序言〈藝術操守與文化理想〉，《天狼星詩選》（安順：天狼星，1979年），頁2。

[13] 〈馬來西亞文學座談會記錄〉，《蕉風》月刊第169期（1966年11月），頁6。

義詩潮的推動，無疑是具有助瀾的作用。況且，現代詩的引入，對一些追求前衛與具有叛逆性格趨向的年青作者而言，可以說是更能契合他們的創思，以及能讓他們在情緒上產生創作的共鳴。

是以，大抵而言，從五〇年代末和六〇年代初，臺灣現代詩人的詩作和理論，以現代主義的詩文體知識介入馬華新詩場域始，以及馬華留臺生在現代詩創作的實際操作與理論的推介，經由這兩條路徑傳播，使到馬華文學的系統，也呈現了與以往不同的面貌。而白垚所提出的「新詩再革命」，啟動「反叛文學運動」，在當時現代詩轉繹濃厚的氛圍裡，明顯形成了一波相當具有影響力的風潮。從1962年起，《新潮》、《荒原》、《海天》、《銀星》等主張現代詩創作的刊物相繼出現，即可見其影響之端倪了。雖然這些文學刊物壽命都不長，然而卻也培養了不少的現代文學風格的創作者。唯一可惜的是，當時馬華詩人的佳作不多，理論提出更少，所以引發了黃崖後來的憂慮：「馬華詩人都是繼承其他地區華人詩人所用的形式，而缺乏一分自覺的創作意識。」[14]這也是白垚在後來的回顧中，對「新詩再革命」的提出後，認為第一波現代主義運動，只成了「雷聲大，雨聲小」的狀態[15]。馬華現代詩在此一階段，缺乏如臺灣現代詩興革那般大量的理論依據，或從現代主義龐大的知識系統中，去挖掘出屬於馬華自己的屬性與空間特質。更重要的是，在這期間，並沒有產生重要的現代派詩人引領風騷，或產生出經典性的作品。[16]

---

[14] 如前注。

[15] 白垚：〈《蕉風》舊事，《學報》當年〉，《蕉風》月刊，第488期，頁14-15，1998。

[16] 張錦忠在〈陳瑞獻、翻譯與馬華現代主義文學〉一文中指出，當時《蕉

但不管怎樣，馬華現代詩經由臺灣現代詩的語言與修辭借貸，卻也邁出了第一步，雖然第一步的步伐充斥著臺灣現代詩的陰影，或如罔兩與影的緊密關係，然而由此卻成功的突破了馬華現實主義的霸權牢籠，而展現出了與以往有別的詩學風格，這對後來現代詩在馬華文學史的發展上，可以說是寫下了嶄新的一頁。

三、

對於轉繹自臺灣現代主義詩學的符號想像，做為第一波馬華現代主義的推動，其主要目的，是用以衝決現實主義詩風的腐化現象和政治牢籠意識。然而，當一些新詩創作者，長久在臺灣現代詩的陰影中旋轉，毫無自覺去省思在自我時空下的創作主體特徵時，以致馬華現代詩陷入了一個模擬的鏡像狀態，並喪失了自我主體的窘境。因此，第180期的《蕉風》月刊主編，在「讀者、作者、編者」一欄中直接指出此一「主體失落」的危機現象，並做出了強烈的呼籲和提醒：

> 詩人們彷彿在十字路口，不知何適何從。有些青年大膽的走向現代派的道路，但我們常常注意臺灣的報刊，發現這些青年作者的詩作，是臺灣詩作的大拼盤。並不可取。我們需要創作，而不是模仿。

風》月刊以臺灣現代詩人的作品為馬華現代詩典範的效習，顯示出了馬華現代主義文學文庫在草創初期經典的匱乏，沒有重要作家引領風騷的現象。其文收入氏著：《南洋論述：馬華文學與文化屬性》（臺北：麥田，2003年），頁182。

這樣的警示，明顯的觸及了核心所在，即在缺乏現代主義知識和自我的理論建構的背景下，那時馬華現代詩創作，只能因襲於臺灣現代詩的語言修辭技藝，卻忽略了詩背後龐雜的現代主義知識與精神面貌，以至流於形式化的模擬書寫。葉嘯後來在論及這時期的現代詩，亦有著這樣的想法：

> 現代詩在馬華文壇的萌芽，衹是憑著一些現代派作品泛現的「現象」去塑形，而沒有堅固的基礎去建構現代文學。正確的說，現代詩或現代主義作品，吸引年輕作者的不是現代主義的教條精神，（因為大部分的人不甚了了），再說，五〇年代的馬來西亞仍以工農為主，根本沒有現代主義處身的工業社會為支撐背景。一些作者衹是對其繁複多變的技巧感到目眩迷醉，進而追隨。[17]

易言之，做為橫的輸入，臺灣移繹過來的現代詩，在缺乏城市資本與工業化，以及現代空間與時間的處境中，讓馬華詩人相當難以體會此一西方思潮的內涵。因此，詩人們只能效其形式技巧，包含語言、意象、音節的仿寫，去進行詩作的生產。而從另一面來看，做為現代主義主導的產物——現代詩，從臺灣傳播至馬來西亞，正也滿足了當時年輕詩人對創作上的藝術想像、主觀表現，以及新的美學形式之渴望，並可藉此做為反擊和汰換盤踞五十年之久的現實主義詩歌。在這意義上，或許更為顯著。

而眾所周知，臺灣在五〇年代經由翻譯的現代主義，構成了

---

[17] 葉嘯：〈論馬華現代詩的發展〉，收入氏著：《葉嘯的文學語言》（吉隆坡：加壹亞太，1999年），頁24。

其詩文體產物——臺灣現代詩。易言之，臺灣現代詩是在轉譯和某些誤讀的情況下，於臺灣的土地上形成與生根[18]。而現代詩在當時所掀起的運動，透過了翻譯、主義的想像、創作、論戰等，進而逐漸將「橫的移植」工程完滿化。只是，處於當時國民政府實施戒嚴體制的時期，現代詩必須微妙的以幽晦的語言修辭，或各種隱喻和象徵技藝，避開政治的審查，以陳述詩人內心充滿自由意識而又苦悶的精神狀態。另一方面，由於經歷了國共戰爭，並隨著民國政府流亡來臺，以及處在戒嚴體制政治的監督下，個體自我難免會趨向了存在的虛無感，這樣的存在狀態，無疑促成了詩人們對當時從西方引進的存在主義之接受。尤其是存在主義的悲劇主體形象——卡繆（Albert Camus, 1913-1960）筆下的「異鄉人」，讓流放與失根，而身在異鄉的外省籍詩人，產生了精神意義上的契合與認同[19]。而存在主義與現代主義詩歌結合，呈現出來的，是詩人內心世界充滿焦慮感的異化現象，這導致創作的詩文體亦趨向自我的隱晦和幽深，加上繁複修辭技法的演練與探索，無形中塑造出了一種臺灣現代美學特有的詩體來。

然而在六〇年代初的馬來西亞，國家剛獨立不久，族群的政

---

[18] 陳芳明認為，紀弦等人對西方現代主義的錯誤理解，反而使得現代主義在臺灣形成了一個契合本土的轉化。見氏著：〈《現代詩》與早期現代詩學的引進——紀弦詩論的再閱讀〉，《現代主義及其不滿》（臺北：聯經，2013年），頁50。

[19] 根據解昆樺的研究，六〇年代的臺灣外省詩人，相當認同卡繆〈薛西弗斯神話〉中力推滾石的悲劇形象。薛西弗斯的形象也常被美學化，並不時在當時詩人的詩中出現。如大荒〈薛西弗斯的世界〉、朱沉冬的〈石榴之歌〉、洛夫的〈醒之外〉等等。這些書寫，被視為詩人們企圖化解自我潛意識內在之存在焦慮。見解昆樺：《轉譯現代性：1960-70年代臺灣現代詩場域中的現代性想像與重估》（臺北：學生書局，2010年），頁62-64。

治認同並未有太大的分化,大家尚處在建國的情感喜悅與期待之中,政策上大抵仍是延著英殖民時期分而治之的衍續狀態。國家主導文化和結構性政治也並未形成高壓性的暴力和壓迫,因此,在這樣的情境中,現代詩在馬華新詩場域的生成,自也跟臺灣的情境迥異。唯臺灣現代詩追求突破傳統和創造意象式的新語言,卻是馬華年輕詩人喜於借鏡的文學範式,故如上所言,模擬,或轉繹,遂成了一時流風。

可是從另一層面窺之,當時的現代詩引入,不可否定背後其實迂迴地隱藏著政治意識的鬥爭。尤其在那冷戰的年代裡,文學場域中的美學位置爭奪,實是反映著政治意識上的折衝進退。而彼時鼓吹現代詩的《蕉風》月刊與《學生週報》,其之出版者為右派的友聯出版社[20]。友聯出版社在香港時期,已具有「美元文化」[21]背景。所出版的文藝書籍,目的是在於影響東南亞年輕華人,並對左翼思想進行「文藝式」的意識形態反擊。後來友聯在1954年於新、馬成立分行,《學生週報》和《蕉風》月刊陸續

---

[20] 友聯出版社成立於1952年,乃一由美國駐港新聞處資援的一間右派出版公司。其出版刊物包含《兒童樂園》、《中國學生周報》、《大學生活》、《祖國周刊》,另外也出版《友聯活頁文選》,以及一些文史哲的書。主要是以影響和教育海外華人為目的。後來友聯出版社又在新、馬成立分行。出版以中學生為讀者對象的《學生周報》、《蕉風》月刊,以及學校的教科書。參鄭樹森:〈東西冷戰、左右對壘、香港文學〉,收入馮品佳主編:《通識人文十一講》(臺北:麥田,2004年),頁165-172。

[21] 「美元文化」是「美援文化」的諧音,指的是美國新聞媒界進駐香港的新聞處,以美國資金支援在香港具有一定影響的的出版社,以出版影響東南亞學生的反共報刊和文藝書籍,而友聯出版社是其中一間被支援的公司(其餘的有:今日世界出版社,亞洲出版社、自由出版社、「民主評論」、「天下」等)。見趙希方:〈五十年代的美元文化與香港小說〉,《二十一世紀雙月刊》,第98期,2006年12月,頁88。

在新加坡創刊，主要編輯成員如申青、方天、姚拓、黃思騁、黃崖、劉國堅（白垚）等，均來自香港《中國學生週報》和《大學生活》的編輯群，他們有些曾是國民政府的退役軍人，有些是反共分子，因此在這樣的背景之下，可以窺見，五〇年代末所主導新詩再革命，轉介臺灣現代詩，及在馬華新詩場域對左傾的現實主義詩歌進行反擊，而掀起一場「現代詩反叛」運動等，從某方面而言，可以說是延續了國共在海外的文藝政策鬥爭，或左右政治意識形態的角力狀態了。

而白垚在倡導「新詩再革命」那一期的《蕉風》月刊（78期，亦是改版期），亦刊出社論〈改版的話：兼論馬華文藝的發展論向〉一文，就曾提及了中華文化的變遷，尤以臺、港和新馬為三大板塊為主：

> 中華文化南下伸展，在海外已形成了三大重鎮：一是臺灣、一是香港、一是星馬……中華文化在海外，特別是星馬，正如同當年西歐文化播植到新大陸一樣，它雖是古老文化的一脈相傳，但新生的土壤卻賦予它新的生機。

這三大板塊，都是未經赤化的東亞華人區域，更是冷戰大氣候中左右對壘的必爭之地。所以《蕉風》月刊有意在這方面推動新興華文文學[22]，轉引港臺翻譯的現代主義，以對深受中國左翼文學的馬華現實主義進行「文藝式」革命，就社論所陳述的，在

---

[22] 這是張錦忠對這段社論的新解讀。見張錦忠：〈離境，或重寫馬華文學史：從馬華文學到新興文學〉，收入氏著：《南洋論述：馬華文學與文化屬性》（臺北：麥田，2003年），頁55-56。

某種特定的意義下,是潛匿著一個政治意識的方向,而非偶然性的發生。

可是,就如前面所陳述的,在第一波現代主義的「反叛運動」中,由於所引進的多是臺灣詩人的詩作,且大量占據發表園地,以致於培養出來的本土詩人並不多,佳作更少,故現代詩反叛運動的效果並不彰顯。相對而言,當時夾著中國大陸「大躍進」與「革命現實主義和革命浪漫主義」創作風潮的馬華現實主義詩歌,以激發愛國思想和「建立馬來亞新文化」的口號,及追求生活鬥爭與政治鬥爭的創作理念下,在新、馬更受一般大眾的歡迎,並形成了遍地開花的局面[23]。至於當時的報紙副刊也仍是現實主義文學的大本營,如楊守默負責主編的《南洋商報》的「文風」和「青年園地」、林建安主編《星洲日報》的「星雲」等,著實培養了不少現實主義的年輕寫作人。

而這樣的文學狀況,要等到1966年後中國大陸發生文革,進而閉關自守,導致左翼的書籍和訊息斷絕。加上當時一些受因文革思潮影響,而趨向思想極端化的左翼階級和武裝鬥爭意識,被納入現實主義創作中,以統戰的方式,偏離了馬來西亞社會,也違背文學的規律,而無法被大多數讀者接受,進而被放棄。此外,1969年所發生的「五一三」種族衝突事件,使馬來西亞政府重整了國家政策,強化馬來人的政治權力,挾制輿論,更讓以社會批判為核心的馬華現實主義文學,受到了很大的抑制,也造成

---

[23] 謝詩堅指出,從1958年到1965年這段期間,由於「大躍進」和毛澤東的文藝理論,影響了新、馬左翼文學,且在南大主導下遍地開花,形成馬華愛國主義文學的風潮,見氏著:《中國革命文學影響下的馬華左翼文學(1926-1976)》(檳城:韓江學院,2008年),頁177-189。

了現實主義文學在後來氣勢的衰微。可是從另一面，這卻反而給了注重修辭技巧和內心情感表現的現代主義文學，一個可以發展的創作空間，以及進行另一波反撲的時機和力量。

四、

實際上，現代主義另一波「反叛運動」，則要等到黃崖離開《蕉風》月刊，由姚拓、白垚、牧羚奴、李蒼組成的編輯團開始，於《蕉風》月刊202期（1968.08）進行大刀闊斧的改革，並落實了真正馬來西亞化的文藝理念[24]。這也是張錦忠所稱謂「第二波現代主義運動」的階段。這時期，轉載或刊登臺灣詩人的詩作完全停止，反而是以譯介歐美的詩人詩作為主，並大量刊用了本土詩人的作品。如《蕉風》月刊第205期（1968.11），推出了「詩專號」，介紹了美國詩人麥克里斯（A. Macleish）、俄國詩人姐黛伊娃（Marino Tsvetaeva）、印尼詩人凱力・安華（Chairil Anwar）、意大利詩人U. 沙峇（Umberto Saba）、西班亞詩人洛迦（F. Garcia Lorca）、非洲詩人拉別里貝羅（J. Joseph Goveariverto）等詩作，又附送一冊以十多位本土詩人的詩作特刊做為推廣。套句張錦忠的說法，「這種以翻譯為主，創作為副的做法，乃文學刊物的創舉。」[25] 由此，也可以窺見當時傳播／轉譯者企圖在這方面進行一個更大的革變，以歐美現代詩歌和龐雜的現代主義內部知識，企圖去打開本土詩人／讀者更開闊的視野，而非單從臺

---

[24] 張錦忠：《南洋論述：馬華文學與文化屬性》（臺北：麥田，2003年），頁185。
[25] 同前註，頁186。

灣詩人的詩作中擷取養料。

在詩歌方面，更是鼓勵以本土題材為主的詩歌的創作，如當時剛出道的梅淑貞，就寫下了類此的詩句：

> 浮腫的阿答葉
> 像夢中的一塊塵土
> 椰幹
> 一須古一須古地發腫
> 涉上危橋突
> 瞥見黑暗那飽膩的影子
> Banjir banjir
> 潮湧來的
> 仍是那狂暴的名字[26]

詩中的馬來音譯詞彙「阿答葉」、「一須古」，甚至直接以馬來文「banjir」（水災）等入詩，凸顯了本土新詩的詩意特色，由此也用以區分馬華現代詩和臺灣現代詩的語意差別。但畢竟具有這樣創作意識的詩人極之少數，大部分馬華詩人仍然深受臺灣現代詩作的影響。如溫任平在〈影子迎和拒之間：致北藍羚，兼略比較「深淵」與「手術檯上」〉的評論中就直接指出，北藍羚（艾文）的一些詩，有模擬臺灣詩人詩作的跡象，如〈蒿里曲〉和〈渡〉這兩首詩，借貸了葉維廉〈愁渡〉與方旗〈假面舞會〉的一些句子[27]，同時也針對英培安的詩作〈手術檯上〉，批評它

---

[26] 見《蕉風》月刊第217期（1971年1月），頁56。
[27] 溫任平舉證出，葉維廉的〈愁渡〉中以「王啊王」做為呼號，北藍羚在

具有瘂弦〈深淵〉一詩的影子。而英培安在這方面也直認不諱，並且承認若要繼續寫詩，須跳脫瘂弦龐大的影子才可[28]。換句話說，臺灣詩人詩作的身影，在馬華現代詩追求馬來西亞化的過程中，仍然是一道擺不脫的陰影。

　　尤其是在技藝表現和內涵意識方面，更能明顯窺見臺灣現代詩對馬華現代詩的深刻影響。六〇年代初從臺灣輸入的現代詩作和理論，已逐漸浸染馬華現代詩人的創作意識，像紀弦與覃子豪所強調的象徵主義、肯定創造新意象；或創世紀詩人提倡超現實主義，推衍歧義性語言、破壞文法等以凸顯臺灣現代詩的修辭和語言技藝，均常可在馬華現代詩作出現。如以下詩句：

　　他抓起半邊月
　　索然地拋來拋去

　　那柄他操用的小刀
　　把憔額雕成痕跡
　　流成海洋

　　　　　　　　　　　　（艾文〈左手〉）[29]

　　你只是單純的一個存在

〈渡〉中也因襲著這樣的句法。內容也同時指涉著同樣的破敗與死亡。又〈渡〉中的詩句「燈火一二」，則與方旗〈假面舞會〉裡的「燈火二三」類似。參《蕉風》月刊，第225期（1971年10月），頁38。

[28] 同前註。

[29] 溫任平主編：《大馬詩選》（美羅：天狼星，1974年），頁46。

>> 馬華當代詩論——地景、擬象與現實詩學

> 你猶在寒夜
> 自空無中提煉一株火燄
> 想從那透明的鞦韆上
> 躍
> 起
>
> （沙河〈齒輪——致生日的自己〉）[30]

> 眼。遂如一座觀那樣的坐禪
> 不為甚麼地
> 在那裡成蔭
> 成佛
>
> （李木香〈眼〉）[31]

　　從這些詩句，可讀出臺灣現代詩超現實主義的影子，語詞精緻、意象精簡，具私體個性表徵的特質，如沙河詩中以「火燄」的意象做為存在的表徵，可在洛夫和余光中等詩人詩作中常見。至於李木香的詩，刻意於禪思的經營，超現實的表現手法，純感官式體會，將詩之想像符碼，全壓縮於內在經驗的意識之中，乍讀之下，頗見周夢蝶禪詩式的味道。如〈一舟霞色〉寫的：「舟之外，霞之內／仍有一崖空靈／舟之內，霞之外／所有的靜／都禪了」，及〈眼〉：「看呀！／有佛在你瞳內說禪──」[32]等，以一種冥契靈會，展現了詩意的美感。這種周夢蝶式的詩語言，

---

[30] 同前註，頁95。
[31] 同前註，頁69。
[32] 溫任平主編：《大馬詩選》（美羅：天狼星，1974年），頁65與頁69。

顯出了朦朧和幽遠，或一種反思的觀照，開闊了詩意的想像空間，這是當時馬華現代詩人所推崇的範式之一。

除此，讀紫一思的〈廟〉：

　　或一個年青和尚在井邊打水
　　聽黃昏輕輕走過的回響
　　或有人在紅塵了高歌的空談

　　當鐘聲沉沉墜落
　　當木魚依舊在喋喋不休
　　當欲望已埋在那羊齒植物下
　　一些塵埃從我身旁溜去[33]

也可讀出鄭愁予詩中慣用的三聯句法與擬人化的表現[34]，三個「當」字，迴環反覆的形成詩的節奏，以傳統／古典抒情方式展開詩意與情感的陳述。而周喚的詩〈存在之外〉，則引了洛夫的詩句「詩人的存在哲學／就是不想死」做為開頭，所陳述的，不但充滿著洛夫詩中特有的存在焦慮，甚至語句亦是臺灣現代詩中常見倒裝的歐化語句：

---

[33] 《蕉風》月刊第225期（1971年1月），頁25。
[34] 鄭愁予的詩，在句法的擬造中，最常見的是三聯句，如〈想望〉的「我們生活在海上／／我們笑在海上／／我們的歌聲也響在海上」（頁7）、「你的蘿牆，你的窗／／你如蓓蕾未綻的雅淡的眉尖」（頁13），及〈賦別〉：「這次我離開你／／是風，是雨，是夜晚」（頁130）等等，這樣的排比句，在鄭愁予詩中俯拾皆是。《鄭愁予詩集I：1951-1968》（臺北：洪範，1979年），頁7、13、130。

    飲囈語的日子，也飲自己
    風裡　你常常不依星斗走路
    不與誰爭吵陽光的多寡
    在蟲聲獸聲裡寂寞[35]

  其實，類此之詩，在六〇年代末七〇年代初的馬華現代詩作中常可讀到，不論是從模擬，或轉繹，從句法到修辭的經營，都可看到一些臺灣詩人詩作裡常出現的聯結互喻，或以各種象徵物象表現出多層意義的技藝特色。因此，馬華現代詩在這方面所受的影響可謂巨大。

  而另一個最明確的證據，即是詩人坦承其詩作的影響來源，如方秉達就自認詩學余光中，甚至連其所創辦於1970年的「星座詩社」命名，也是源自於「藍星詩社」的啟發。詩社社員傳抄和傳讀葉珊與周夢蝶的詩，在當時更幾乎成了一門功課[36]。因此，這樣的將臺灣現代詩文體內建於詩學的創作意識之中，不具省思的將外在修辭技藝承襲進來，不但儲存了臺灣詩作中習以為常的龐大修辭語彙，同時不知不覺也將詩人主體精神意識移入於自己的創作詩裡。明顯的例子可見於六〇年代末七〇年代初，許多馬華詩人的詩作，常呈現出一股存在的焦慮、孤絕、虛無、放逐、苦悶和荒謬的精神狀，這些創作意識，幾近於成為氾濫。這些源自臺灣轉譯西方現代主義和存在主義的創作產物，以及當時戒嚴

---

[35] 《蕉風》月刊第216期（1971年1月），頁22。
[36] 黃裕斌《砂華現代文學的濫觴與轉型：星座詩社的考察》，馬來西亞博特拉大學外文系中文組學士畢業論文。2006年。

體制氛圍所形成的異化心理狀況，潛意識地內化於臺灣六〇年代現代詩的繁複技巧、詞彙和隱喻之中。因此馬華現代詩人在效習臺灣詩人詩作，無意中自也承繼了這份詩的「意識資產」。

所以，當時出現在《蕉風》月刊與《學生周報》「詩之頁」的詩作，無不瀰漫著一種存在主義式的詩語言心景，如周喚的〈存在之外〉，即是最好的例子：

> 沒有選擇　在送葬味道很濃的旅途
> 你騎上一匹灰黑的
> 銀色馬死是它的名字　你騎在死上
> 你去遠方　滿是腐
> 葉的遠方　尋找存在的路你愛過恨過也活過
> 你願　在域外埋葬自己的聲音[37]

或沙河的〈街景與死亡〉：

> 焚過的整張下午
> 緊貼在玻璃窗上
> 街景在痙攣著
> 某個空洞[38]

諸如此類虛無、苦悶、頹然、死亡和無所逃遁的情緒，在詩中蔓延成焦慮的語言，摺疊於私我的存在認知上。在此，不論周

---

[37] 如注36。
[38] 溫任平主編：《大馬詩選》（美羅：天狼星，1974年），頁96。

喚詩中對於存在意義的質疑，或沙河詩中對現代都市疏離所產生的虛無感，鏈結於詩之意象，形成了一種生命困局的吶喊。這樣的一種書寫，當然不是直接承自法國象徵主義和存在主義的知識系統（當時應該沒有多少馬華詩人對這方面的知識有所瞭解），而是轉繹自六〇年代臺灣現代詩的修辭衍義，一種創作方法論的擬習，而衍生出詩作的特有意涵與意向來。

張瑞星那時就曾在〈航程的回顧〉一文中清楚指出，馬華現代詩興起後十五年，馬華現代詩人仍原地踏步的拾臺灣現代詩牙慧，不斷以「探入內心，挖掘自我」的方式，創作出「禪、純粹經驗、超現實主義」的詩作，並且成了一種標誌[39]。張氏批評中所呈現的影響焦慮，無疑凸顯出這樣的創作效習，將導致馬華現代詩無能也無法擺脫臺灣現代詩語言／修辭技藝的魔咒，以致在臺灣現代／主義的創作光暈裡，失聲而失身的，看不到自己腳下的影子。

換句話說，馬華現代詩亦步亦趨地跟著臺灣現代詩的創作腳步走，有些取徑於臺灣詩人語言風格，有些則模擬修辭技巧，更有些襲取了龐大的詩庫意象，或踵其音節和語言的彈性形式，導致所建構的詩美學，最後被臺灣現代詩語言和技藝，內化為主體喪失（馬華本土性）的特殊情境。

五、

至於，另一個更明顯的詩學影響個案，可見於七〇年代中喧囂一時，並在馬華第二波現代主義運動中歧出，卻占據舉足輕重地

---

[39] 《蕉風》月刊第280期（1976年6月），頁46-50。

位的天狼星詩社社員的詩作表現上。成立於1973年的「天狼星」詩社，在溫任平的領導下，盡全詩社之力，推動著中國意象式的現代詩創作。這類以中國古典想像符號所展示的現代詩風，以鄉愁、流放、江湖、燈火、屈原等為衍義主軸，或通過對傳統中國文化的召喚，去進行對中華文化屬性的一種認同。此一「中國符號」化的詩學，具有流放身世的共同意識。故溫任平在他的詩中〈流放是一種傷〉，就曾以詩言志，陳述了他（以及天狼星詩社）的詩學意向：

> 我只是一個無名的歌者
> 唱著重複過千萬遍的歌
> ……
> 那些歌，血液似的穿行在我的脈管裡
> ……
> 我真抱歉，不能唱一些些，令你展顏的歌
> 我真抱歉，我沒有去懂得，去學習
> 那些快樂的，熱烈的，流行的歌
> 我得歌詞是那麼古老
> 像一闋闋失傳了的
> 唐代的樂府[40]

詩中所表明的，是拒絕跟隨一切俗世流行，只堅持中國傳統文化，或懷抱著屈原式「受命不遷，橫而不流」的精神，以去追崇想像中的古典中國。這樣的文化情懷，幾乎已成了當時大部分天狼星

---

[40] 溫任平：《流放是一種傷》（安順：天狼星，1978年），頁141-143。

詩社社員在創作時的情感／語言因襲的路徑——即對古典中國的符號操作，去展現出對中國傳統文化輝煌的想望，或立意承續古典中國為現代詩的創作風格，做為對中國文化的追尋與終極關懷。

是以，縱觀當時天狼星詩社社員的詩作，無不充斥著這樣的激情想像，如以屈原的現代後裔自白：

離騷更與佩劍
你耿直的情操
何所從之　大江東去兮
漠漠水光　山色匆匆茫茫是
你回首兮抑是歷史回首……[41]

或在千載之下追蹤著其之魅影：

而你也是最落魄的一個正歌唱著流亡時
突感一闋離騷瀝血地在你背後便化
成聲音般喚你[42]

不然則是召喚出中國的文化地景，以慰內心的鄉愁：

我是拍岸前的長江

---

[41] 川草：〈劍氣橫江〉，收入沈穿心主編：《天狼星詩選》（安順：天狼星，1979年），頁5。
[42] 沈川心：〈冬夜〉，同前註，55。

> 長江後的驚濤你是
> 江湖路險已成弦
> 浪花飛擊時
> 你我已印證
> 長白山上白雪以外
> 長城長長長萬里的
> 思念[43]

這類以「離騷」、「長江」、「萬里長城」等古典中國想像符號，涵蘊著一份精神放逐的潛藏心理，衍義了文化錯位中詩人的孤寂與悲涼。即使一些非天狼星詩社社員，所吟誦之詩，亦是「龍哭千里／千里的夜空恒是冷眼／而中原京洛的高宇／依舊盞盞春燈夜夜深」[44]等，因此黃錦樹後來將這類書寫，歸納於「中國性－現代主義」的概念之下──一種文化意義上的孤臣孽子創作意識[45]。「流放」成為主題，「望遠」成為文化想像的孺慕欲望，中國符號被統攝在現代主義詩歌裡，而成了當時馬華現代詩場域中一個奇特的風景。

當然，天狼星詩社這類將古典中國內化為想像符號的抒情書寫，最主要的影響是來自六〇年代初余光中、鄭愁予、周夢蝶等詩人的詩作。這些臺灣前行代的外省籍詩人，以懷鄉而流亡的

---

[43] 雷似癡：〈長相思〉，同前註，205。
[44] 鄭玉禮：〈愁渡〉，收入張樹林編：《大馬新銳詩選》（安順：天狼星，1978年），頁170-171。
[45] 黃錦樹：〈中國性與表演性：論馬華文學與文化的限度〉，《馬華文學與中國性》（臺北：麥田，2012年），頁79-82。

心態,用詩歌誦念著故國的地理空間,或召喚中國歷史典故,並以古典抒情的象徵語言,回歸到文化傳統的鄉愁裡。畢竟,現實中的中國大陸是一個政治禁忌,而詩人們生存其上的臺灣島嶼,卻是充滿著戒嚴的壓抑,所以,最後只能藉著傳統文化的想像符號,融入於現代主義詩歌的書寫之中,去抒發出一份文化遺民的孤懷。

葉維廉在這方面曾有著很好的陳述,他指出「永絕家園」的創傷情境和歷史處境,驅使這些詩人們試圖通過古典中國詩表意的語言方式——

> 融合波特萊爾以來現代主義的表現策略,來刻寫他們文化斷裂極端的絞痛……並以此對他們被壟鎖的境遇提出控訴。[46]

大致上而言,此一古典中國象徵系統的詩意表現,無疑具有其時代性的共構話語,也成了六〇年代臺灣現代詩的美學特色。其中,尤以余光中的古典性語言最強烈,不論在〈天狼星〉之前繁複與晦澀的古典表述,或在回應洛夫之文〈再見,虛無〉後詩風走向明朗協韻的新古典創作,古典中國想像幾乎成了他詩中的核心意識。故夏志清就很清楚的道破:

> 余光中所嚮往的中國,並不是臺灣,也不是共產黨統治下的大陸,而是唐詩中洋溢著「菊香和蘭香」的中國。[47]

---

[46] 葉維廉:代序〈尋找確切的詩:現代主義的Lyric、瞬間美學與我〉,《中國詩學》(臺北:臺大出版中心,2014年),頁xiii。

[47] 夏志清著、周兆祥譯:〈懷國與鄉愁的延續——論三位現代中國作

這類詩在余光中詩裡俯拾皆是,如〈大江東去〉、〈戲李白〉、〈五陵少年〉、〈白玉苦瓜〉等[48],詩句典雅、協韻、文化意義涵蘊飽滿著中國符號,再加上余光中大量有關於這方面的詩文創作理論,以及《蕉風》月刊所曾推出的「余光中專輯」[49],這對於六、七〇年代的海外馬華現代詩人的創作,可謂影響殊深。特別是溫氏兄弟,以及天狼星詩人群,無不把余光中的詩作奉為圭臬,效習其之詩歌語言、節奏、修辭技巧等,同時也在不知不覺中,因襲了其內在於詩歌語言中所承載的文化遺民情懷。

　　因此,余光中詩中的「中國」——一個古典文化的想像符號,遂成了馬華現代詩人面對國家馬來文化與語言強勢壓抑下的「避風港」,或文化身分屬性的追認。故在充滿隱喻性的詩歌中,古典中國符號,遂成為一個凝聚想像,以安頓處於現實政治下馬華現代詩人弱勢的心理。而天狼星詩社諸子,在溫任平的鼓動之中,亦將此一創作流風在七〇年代中推到了極致。大寫的

　　家〉,《明報月刊》第121期(1976年1月),頁141-143。在此文中,三位被論作家/詩人為姜貴、余光中,以及白先勇。

[48] 在此節錄〈大江東去〉和〈五陵年少〉做為證例:「大江東去,千唇千千麗是母親/舔,我輕輕,吻,我輕輕/親親,我赤裸之身/仰泳的姿態是吮吸的瓷態/源源不絕五千載的灌溉/永不斷奶的聖液這乳房/每一滴,都甘美也都悲辛/每一滴都從崑崙山頂/風裡霜裡和霧裡/從曠曠神話裡走來」,以及「我的怒有燧人氏　淚中有大禹/我的耳中有涿鹿的鼓聲/傳書祖父射落了九支太陽/有一位叔叔的名字能嚇退單于/聽見沒有,來一瓶高粱……」,從這些詩之中,可以窺見余光中大量的運用中國神話/歷史人物、地理空間和事蹟等,以建構傳統文化中的中國圖像。

[49] 《蕉風》月刊在第276期所推出的「余光中專輯」,發表了余光中詩作以及三篇論文:黃維樑〈詩,不朽之盛事〉、李有成〈余光中詩中的火燄意象〉、張錦忠〈蟋蟀與機關槍聲中的月〉,由此可見當時馬華文學界對余光中的重視與推崇了。

「中國性」遮掩了馬華本土性，因此也招來了一些人強烈的批判，如葉嘯就認為這樣的「中國性」書寫，是一種錯位的文學現象，因為「馬華文學既存於馬來西亞，理當反映此地的社會生活」，所以對那些「負著萬里長城的痛苦」（溫瑞安詩）和「胸膛種著萬里長城」（藍啟元詩）的詩作很不以為然。他也指出余光中身為臺灣的中國人，具有中國意識是天經地義，然而身為土生土長的馬華詩人，不應擁抱中國，而理應在文學作品中表現出「國家意識」來[50]。

而做為迻繹自臺灣六〇年代「中國性－現代主義」的詩歌創作意識，導致馬華七〇年代現代主義詩歌的路徑，在中國意識的強力推動中，被引到了一個背離本土意識的路向去。馬華性被中國意識覆蓋掉了，詩歌的語言，修辭技藝和象徵系統，仍泥陷於典雅、精致和崇尚意象化的排比中，這導致馬華現代詩在臺灣的中國性詩歌創作語言／意識裡，面對了一個被隱蔽，甚至喪失主體性的難題。

因此，原是做為反擊（社會）現實主義文學的現代詩，最後卻內化了臺灣／中國性的幽靈，以致馬華現代詩與臺灣現代詩存在著罔兩與影子之間的緊張關係。而弔詭的是，現代主義的前衛性，在馬華現代詩中，卻只是成了冷戰時期，左右政治權力角逐下的美學位置汰換工具，卻無能為馬華詩歌指出一條屬於自己的方向。相較之下，反而被現代詩人批為美學質量匱乏，「比白開水還無味的現實主義詩歌」，卻能在現實中，保有了一分本土的關懷。

---

[50] 見葉嘯：〈「馬華文學」到「國家意識」〉，《蕉風》月刊第251期（1974年1月），頁14-17。

六、

　　是以，綜觀前面的論述，大抵可以窺見馬華現代詩從六〇年代到七〇年代的幾個轉折，都深受臺灣現代詩風潮的巨大影響。不論是在六〇年代初冷戰時期，《蕉風》月刊藉由引進／轉載臺灣現代詩人詩作與現代主義文學理論；或是六〇年代末強調《蕉風》月刊本土化，大量刊用馬華現代主義詩人詩作；及至七〇年代中，出現天狼星詩社大量生產「中國性－現代主義」詩歌為止，臺灣現代詩的語言、修辭技藝、意象化、抒情風格、內面書寫等等，可以說是如影隨形地內附於馬華現代詩作之中。因此，檢視當時重要的馬華現代詩選集，如《大馬詩選》（1974）、《大馬新銳詩選》（1978）、《天狼星詩選》（1979）等，不難看出那許多詩作中的美學取向／特質與臺灣現代詩並沒有太大的差異，詩語言的精緻雕琢化、意象的跌宕呈現、抒情浪漫、追懷古典，以及雜揉了一些超現實主義的書寫技巧，使這些詩作落入了臺灣現代詩文體的模子之中，而失去了馬華現代詩之於做為「馬華」在本質上應具的主體性（馬華性）和獨特性。

　　更甚的是，現代詩所表現的自我私密書寫、挖掘內心潛意識、連接著隱晦的意象表述，讓詩歌趨向了晦澀難懂，不但使得現代詩與讀者形成隔閡，同時它的私我性與古典性語言，導致無能也無法反映出馬華的現實社會生活與精神狀態。因此，在「臺灣－中國性－現代性」的框架下，馬華現代詩無疑陷入了一個找不到自己歷史語境的深淵，以致在其已被魅化的身影中，成了文學的他者。

　　即使從七〇年代後至今，馬華新詩依舊緊隨著臺灣新詩的腳

步與節奏不放。余光中、楊牧、鄭愁予、瘂弦、洛夫、周夢蝶詩作的典範詩作模擬過後，九〇年代年輕一輩詩人則追蹤後現代主義詩潮，效仿夏宇、林耀德、陳克華等，以後設語言、拼貼、諧擬、遊戲式等解構美學，操縱著詩的意向，讓馬華新詩的蹤跡，只能躲在別人的影子裡，找不到自己[51]。

總而言之，馬華現代詩自始至終都一直存在著（被臺灣）影響的焦慮。臺灣現代詩一如龐大的影子，讓馬華現代詩一直擺脫不掉而只能處在一個失身／失聲的存在狀態。然而，在這樣影響的辯證裡，實際上也提供了思考出路的問題，即：馬華現代詩未來的創作方向在哪裡？或應該如何走出一條自己的路？

當然，這樣的問題，最後仍有賴於馬華詩人在創作上去進行回應了。

參考書目

文訊雜誌社主編，《臺灣現代詩史論：臺灣現代詩史研討會實錄》，臺北：文訊，1996。
白垚，《縷雲起於綠草：散文、詩、歌劇》，八打靈：大夢書房，2007
李瑋淞，《馬華後現代主義詩研究》，馬來西亞拉曼大學中華研究院，2013。
馬來西亞留臺校友會聯合總會主編，《馬華文學與現代性》，臺北：留臺聯總，2012。
張光達，《馬華現代詩：時代性質與文化屬性》，臺北：秀威，2009。

---

[51] 馬華詩人戮力於後現代詩歌表現的，有陳強華、林若隱、呂育陶、翁華強、假牙、翁弦尉、飛鵬子等。這些人無論在形式上，無不深受夏宇、林耀德等臺灣後現代詩人的影響。相關論述，可參閱李瑋淞碩士論文《馬華後現代主義詩研究》，馬來西亞拉曼大學中華研究院，2013年。

張光達,《馬華當代詩論:政治性、後現代性與文化屬性》,臺北:秀威,2009。

張樹林編,《大馬新銳詩選》,安順:1978。

張錦忠,《南洋論述——馬華文學與文化屬性》,臺北:麥田,2003。

郭蓮花、林春美編,《江湖、家國與中文文學》,吉隆坡:博得拉大學,2010。

陳芳明,《現代主義及其不滿》,臺北:聯經,2013。

陳芳明,《後殖民臺灣》,臺北:麥田,2002。

黃裕斌,《砂華現代文學的濫觴與轉型:星座詩社的考察》,馬來西亞博特拉大學外文系中文組學士畢業論文。2006年。

黃錦樹,《馬華文學與中國性》,臺北:麥田,2012。

楊宗翰,《臺灣新詩評論:歷史與轉型》,臺北:秀威,2013。

溫任平,《流放是一種傷》,安順:天狼星,1978。

溫任平,《憤怒的回顧》,安順:天狼星,1980,

溫任平主編,《大馬詩選》,美羅:天狼星,1974。

溫任平編,《天狼星詩選》,安順:天狼星,1979。

葉維廉,《中國詩學》,臺北:臺大出版中心,2014。

葉嘯,《葉嘯的文學語言》,吉隆坡:加壹亞太,1999。

解昆樺,《轉譯現代性:1960-70年代臺灣現代詩場域中的現代性想像與重估》,臺北:學生書局,2010。

潘碧華,《馬華文學的時代記憶》,吉隆坡:馬大中文系,2009。

鄭愁予,《鄭愁予詩集I:1951-1968》,臺北:洪範,1979。

鄭樹森,〈東西冷戰、左右對壘、香港文學〉,收入於《通識人文十一講》,臺北:麥田。2004。

謝詩堅,《中國革命文學影響下的馬華左翼文學(1926-1976)》,檳城:韓江學院,2008。

告別諸神的黃昏

——論李宗舜詩集《笨珍海岸》的日常生活

最初讀李宗舜（1954-）的詩，是在八〇年代初期，那些以黃昏星的筆名發表在一系列神州文集中的詩作，躍馬紙上，並在抒情的節奏裡，呈現著一種古典婉約的幽光。那時的神州諸子，集結臺北，呼嘯江湖，卻不意陷落在六〇年代以來國民政府全力提倡中華文化復興的氛圍裡，因襲著中國古典傳統的遺緒，在政治戒嚴的臺北，以古典中國的想像，構畫著他們的文學大夢。所以縱觀神州詩社的創作群，他們那時候大部分都接受中華文化復興的大論述，或在文化體制上，宗經中國古典傳統的建構，以古典想像的符號，不斷通過書寫，內化著他們離散的身世與存在的情境。

所以宗舜早期的詩，服膺於古典抒情的美學，折射著一種風格上的典雅明麗與浪漫色彩，而這樣的風格，固然擺脫不了天狼星詩社與神州詩社溫氏兄弟所賦予的詩學觀，另一方面，卻也呈現了其自身內在流離的經驗和情感的認知。就神州社諸子中，他的詩風與周清嘯的詩，最為貼近，不論是語言的展現、修辭的技法，意象的設置，以及節奏的調度等等，都可看到他們在彼此跨越間相互重疊的光影。只是宗舜的詩風比較放朗，而清嘯的詩風卻趨向內斂，這或許與他們的性格相關，但卻也自成了神州詩社中一脈二峰的壯麗風景。

是以，從其處於神州詩社前後期的詩作來看，可以窺見他所耽溺於古典符碼的構思，並不是出自於自覺性的表現，而是通過

一種詩學模子的模仿與進入，以及所處的時代語言影響構成，並通過傳統抒情的音色，展開了他一系列的詩創作演練。故這時期的詩，我們可從中俯拾出：「行水」、「山河之外」、「鐵蹄千遍」、「關山飛渡」、「長城傾倒」、「燭火」等等古典語言與符徵，並焊結成一套穩定的語意系統，以去進行青春狂少的想像與生命的無限追尋。如〈穿行〉一詩：

　　你是舞台，我在台下看你
　　因為你的悲懷而使我想盡了悲懷
　　你是雪，我是鞋
　　踏破了所有的蹄聲
　　難以尋獲從前受創的腳印
　　現在又要穿行，又要隱滅
　　在浩浩蕩蕩的人海中

　　或「風像一把蕭索的笛／把夜化成霧　化成了雲」（〈山水〉），詩的節奏頓挫有致，情感飽滿，意象轉換的順諧與技藝熟練等，展現了他個人在傳統抒情上的才具。唯這樣的古典意符，放在八〇年代後的赤道大馬，難免會存在著語境上的錯置。

　　因此回歸大馬本土後的黃昏星，過渡到八〇年代末，開始以李宗舜的本名發表詩作。這時的他，歷經了生活上的磨練，體驗過人情世態的冷暖，賣過人工珠寶、也開過計程車，這些現實生活層面的深掘，不但讓他的思想更趨成熟，也讓他在停頓了八年新詩創作後，有了一個語言轉換與題材開拓的契機。故檢視這期間的詩作，可以發現他已逐漸摒棄了古典的語碼與中國想像的

抒情風格,並從一己私我感情的世界跳脫出來,且以多向的視域,創發詩性更大的空間。其中的詩作如:〈茨廠街的背影〉、〈蚯蚓〉、〈賭〉、〈有女同車〉、〈侏儒〉等,凹聚著生活的光源,映照出了現實社會種種扭曲的精神與面貌。尤其〈有女同車〉一詩,敘寫計程車司機乘載酒家女／妓女回家過程中的情景,具有客觀的描述與批判:

> 她們不斷地東拉西扯
> 不理我,路上駕著計程車
> 交通燈前的雙白線
> 該停還是過⋯⋯她們偶爾和我搭訕,探討著
> 喜不喜歡吃冰淇淋
> 這嚴肅且具爭論性的問題

全詩寫來,別有意趣,卻蘊蓄著對社會探照與映現的指認。而詩中的「雙白線」、「冰淇淋」、「爭論性」等,更是意有所指,使得詩性在敘說中開拓了更大的述行空間。另一方面,詩的語言明顯口語,平實淺白,由此契入日常生活內層,展示了社會的種種現象。同時,此一語言述行,也彰顯了詩人轉換身影過程中所形成的另一個位置——以詩做為自我實存的表徵,這有別於神州詩社時期,以古典抒情的符碼,建構古典中國的想像。

　　而詩,做為時代的見證與記錄,並非面壁虛造,或蹈空於想像的雲巔就有所成就,相反的,是必須貼近現實的厚土,體察社會人生百態,召喚出深刻的思想,展現批判的銳度,進而勾勒出個人存在的位置和意義。因此,深受現實社會生活洗禮的詩人,

在面對國內族群政治的傾亂與矛盾，教育、經濟與文化等政策的不公不平現象，已不再服膺於詩之虛無的敞開，或滿足於技藝和修辭繁複的呈現，而是企圖以詩筆構畫一個時代最真實的聲音。是故，宗舜在〈詩人的天空〉一詩，陳述了個人在新詩創作上的立場，也揭示著對過去的批判與完全告別：

> 詩人的天空
> 是他房間的天花板
> 和纏結著無數的蜘蛛網
> 世界在風湧雲動
> 他卻在網內
> 編織著他的白日夢

這分對詩人自閉於一己的內在世界，而無視於外在社會的狀況，或世界變動的嘲諷，無疑呈現著詩人在自我與現實／生活之間的一種靠攏，以當下與時代進行對話的重要。換句話說，詩必需來自於生活，介入現世場景，關懷俗世情事，不然一切所想像的不朽，在蹈空之上，也只是「一束人造花」，或「昨日殘留的雨露」。因此黃昏星時期的古典中國想像，卻在李宗舜現實詩學的指向與辯證裡，被永遠擱置在臺北神州的過往，一個不可能回去的昨日。

此後，李宗舜的詩即沿著這條詩觀，繼續探尋創作的前路。而他近些年來陸陸續續發表在文藝副刊與雜誌上的作品，透顯著與生活的密切連結，讓詩貼近現實存在的時空，體現著與時代共感的價值認知。這些詩，有的表現出所感所悟的日常生活點滴，

或懷人與悼念之作，有的以針砭時事批判為主題，也有的記錄行旅間的山水景物等等，呈現了他多面視域的詩向，以及由此通過詩，展現出了其存在的蹤跡。而這些作品全都收集在這本《笨珍海岸》的詩集裡。故從這本詩集，可以窺探到宗舜這五年來詩創作的軌跡與特色。一如周清嘯在論及宗舜的詩時，曾指出宗舜要做的是與生活有密切感的詩人，而不是跟現實脫節，在詩的象牙塔中營造夢境，或在小我世界裡坐對虛無尋求不朽。這樣的評論，恰好也揭示了宗舜做為一個大馬詩人的自覺意識——回歸本土，關懷現實的創作意向。

故做為詩人，宗舜無疑如班雅明（Walter Benjamin）引述自波特萊爾筆下所描繪的拾荒者，在日常生活中撿拾著詩的片羽鱗光，分門別類、收集，並輯結成一冊詩的編年史，由此以去抵抗資本主義商品狂潮衝擊下的存在處境。而在闡述現代日常生活經驗的過程中，他以詩的再現形式，處理了生命對現實的關懷，以及詩人存在於當下的宣示。是以，由《笨珍海岸》此一詩集窺之，日常生活的書寫，幾乎成了這本詩集的主要核心。就如齊美爾（Georg Simmel）所認為的，一個哲學家必須能夠關注日常生活的事件和各種事端。這代之以詩人，亦可做如是觀。因為做為敏銳的詩人，無疑可從日常片斷的生活世界與瑣碎事物的經驗進行觀照，並從中煉造出一分詩的社會美學來。宗舜在這方面，有著相當深刻的諦視。一如詩集中的〈家常話〉，詩人所知所覺，所見所感的，都是生活中碎片式的日常物事，不論是從「羅蜜嫩葉的雨露」、「纍纍果實的飄香」、「榴槤園」、「紅毛丹樹」到「潮濕的泥地翻新」、「農家汗流夾背的栽種」、「稻禾在田裡的水中漫遊長高」、「等待的燈火在夕陽西下」等等片斷所輻

湊而成一個農園景象，為的是述說一個日常的生活感覺，或在日常性（everydayness）中所存有的生活價值：

> 廚房一鍋湯酌下鹽巴
> 正為圓桌餐席
> 擺設碗筷
> 一瓢飲，對著五口的鄉音
> 講的是家常話

「家常話」做為日常生活的一種表述，在平凡中卻蘊藏著某種神聖性的展現，它透過「碗筷」與「鄉音」，凝聚成美好的生活情態，進而建構了家的存有意義。另一方面，這樣的農村日常描述，亦隱含著對現代資本主義的抗辯，或對異化與疏離的人際關係予以詩性的對照，從而讓詩，敞顯為一種言說，或一種具有思辯的探索。就語言上來說，此詩精簡從容，平實清晰，卻不失其詩藝的幽微與煉達。同樣的，在〈週日〉一詩，詩人通過他的觀察，隨著時間的流動而檢閱和感受著：「掃著落葉和一線陽光的少婦」、「提著一桶水下樓洗車的中年人」、「麥片麵包和咖啡的早餐」、「蔬果鮮肉擁擠的菜市場」、「大型書展」以及「人潮不斷湧入購物的天堂」。在此，目光的移動，拼貼著日常生活中瑣細的事物和片斷的場景，由此呈現了日常詩學的拼湊（或是蒙太奇）特色。而此詩所指涉的，無非是現代工業／商業社會制度所形成的生活行為和現象，即以「週日」，體現了資本主義社會所特定的假日生活形態——休閒，卻被常規化為「購物」的節慶，甚至被商品化異化和掏空了其之存在的意義。

而日常生活，一般上是單調而不斷循環與持續重複（repetition）。這如列斐伏爾（Henri Lefebvre）在《現代世界中的日常生活》一書所陳述的：

> 日常生活是由一連串的循環所構成：勞動與休閒的姿態、身體與實際機器的機械性運轉、時、日、週、月、年，直線式以及循環式的重覆。

然而，在循環與重覆中，人卻在等待中遺忘了自我。這也是海德格（M. Heidegger）所謂的「存在的陷落」（verfallen），即時間被空洞化，人在勞煩中的存在意義也因此成了無所為。而宗舜在〈等〉一詩中，對這方面有著很好的著墨：

> 月台和車站遠望皆空
> 上班族打卡機分秒跳動
> 計時的肥皂泡
> 消耗了青春薄暮
> 成就了那人閒散的晴空

在處於循環往返的日常中，現代人的時間被置入於「打卡機」上，重覆著如裝配線（assembly line）上枯燥的動作，一個接一個，在如出一轍的線性過程，進行永無止盡的一連串活動，卻永遠沒有真正的進展。換句話說，時間在此被掏空，一如「肥皂泡」，存在也因此在等待中而被遺忘了。而人生的旅泊，在離散中虛幻如空。是以，在資本主義的社會裡，所有的勞煩，都只為

了等待一個閒散時間（老年）的來臨。

　　因此，從以上所舉例的詩，可以窺見宗舜在新詩創作上所具有的現世感，他通過日常生活的見聞，展現了一個詩人處在這現代世界的強烈存在體悟，並以詩筆，嘗試探入日常生活的細微處，由此暗示或召喚出其之存在的感知領域。而這樣的詩作，無疑也形成了一種靠近其自身生活的書寫風格。在其他的作品，如〈運動鞋〉中陳述閱盡崎嶇道途和人生起伏的運動鞋，仍每日以喜悅的心情迎接清晨的來臨；或在〈白日夢〉裡，面對創作成就的逼迫卻深感歲月無情的老去，以及〈時間〉一詩對時間流逝的具體銘刻：「旋轉木馬的上空／雲天飄過矮牆／山色靜默／又一輪殘照掛在窗前」等等，編織著日常生活的詩學，以迂迴的方式，撿拾和搜索自己的存在經驗，並以此尋繹他對生命終極理境的探求。

　　此外，綜觀宗舜這本詩集中的作品，其關切面不再純粹是一己的抒情，而亦表現著對「公領域」現實層面的關注、體察與審思，甚至進行批判反省的意向；或以實感的經驗，展開與時代／社會進行對話。這樣的創作，其實比較傾向於臺灣「笠」詩社等詩人所追求的風格表現，即以「現實意識」書寫自己所處的時代與生活感受，體現出多數人共感的價值。在語言方面也較趨於平實的特質，而不再耽溺於修辭、錘鍊與節奏等文字的形式技巧。如〈預算案〉一詩以簡短四行，巧妙的將「堵車」、「油門計算里程」、「柴米油鹽」與「姍姍來遲的預算案」進行連結，由此批判政府完全不會體恤民生艱困的處境；而〈移民廳〉則通過對移民局廳堂的描繪，述寫外勞的侵入，所帶來治安的不靖，以致一些國內精英分子因此身投異鄉，移民到國外去；詩中「遙遠的

星光會發亮／黑森林的鐵鋼在擴散」，及至「他們搭上過夜的車廂／數千里浮動的軌跡／不可能的原鄉」兩相映襯，托顯了入境與出境之間兩種不同心態與身分的移民現象。至於他的另一首詩〈寄居蟹〉卻直面大馬發生於2008年8月24日的極端沙文種族主義「寄居蟹論」，哀嘆馬來政客以歧視性言論，玩弄種族議題，並將華人視為無殼民族，寄居於大馬；也無視各族共同努力追求國家獨立的歷史事實，而將華、印裔族群排除在國族建構的議程之外，如：「默迪卡廣場歡呼的尾聲／旗海和人潮在血泊中／齊齊飛出」，無疑隱喻著馬來族群獨大，以及將其他族群從這國土上的歷史貢獻抹消，而詩中的最後一段：

寄居蟹
在甘文定大飯店的黑洞
一群苦行者熱淚
灑落夢不成真的牢房。

痛陳當政者常將捍衛族群權益的華、印裔政治人物，刑繩於內安法令之下，並通過不經審查即定罪的方式，將他們羈押於「甘文丁」政治扣留營內。類此之詩，直接對應現實政治議題的荒謬，扣緊了詩的時代性，進而呈現了詩人對現實世界的最大關懷。他的其他詩作如〈膠工〉、〈死亡鐵路〉、〈地震〉、〈礦難〉等，均在這樣的「現實關懷」中，展示了詩摺疊著個人內在情感經驗之外，如何「介入」現實的問題，或揭顯社會的種種現象，或記錄時代的聲音，或在人道的關懷上，給以深刻的凝視。

另一方面，宗舜以詩介入現實世界的同時，卻不忘以各種

技藝試探著詩性深沉的內質。故他的一些詩作,有些疏朗明晰,甚至跨向散文述行的表現;然而一些詩作,卻為了完成詩內部的意義和思想,甚至張揚詩的形象思維,以奇詭變幻的意象,曲繞多折的語言,讓意念過於跳躍、扭曲,以至於詩行與詩行之間未能產生意義的連接,使得整首詩意象紛雜,並造成有句無篇的現象。這類詩有〈書〉、〈經典〉、〈文采〉等,其中以〈切割〉為代表:

> 我們努力寫詩,做夢
> 在半掩門縫內痛飲井水
> 啃著隔夜麵包
> 認定倒掛的筆尖
> 半甲子夜色深沉
> 譏諷變調的文明現代史
>
> 有人送來沒有誌期的長途車票
> 有人油站添滿缸不回家的汽油
>
> 我們繼續祈禱
> 蒼白的雲端再次摔跤
>
> 有些路挽不回搭上的拱橋
> 有些風捕捉不到蝴蝶的彩影
>
> 上帝讀聖經

佛陀在菩提
　　我們忙切割
　　早熟的稻米

　　我們繼續祈禱
　　蒼白的雲端屢次摔跤

　　有些詩草草忘掉
　　有些夢落荒而逃

　　上帝讀聖經
　　佛陀在菩提
　　我們忙切割
　　早熟的稻米

　　這首詩摺疊了許多難言的意念,且在意念與意念之間,隱匿著許多難以理解的情感,以及個人主觀的傾訴。尤其對神州詩社恩怨的過往,對人情世態的感受,對理想夢望的失落等等,在類疊修辭手法的迴環覆查中,層層遞進,製造了迴繞不絕的音感,由此以去突出詩的內在主題。然而,由於詩意的隱晦,也造成詩的符碼如秘語,因此只有相關具有共同經驗者,才能洞穿此詩的意義。唯以此試鍊詩藝和計算語言之詩作,在宗舜的這本詩集,只占一小部分而已。

　　總而言之,就馬華詩壇而言,宗舜無疑是五字輩中極之少數仍然孜孜於詩藝的創發,或以詩,尋找生命理想／碑誌的詩人。

尤其，當那那些與他肩並江湖，共渡風雨的詩友都紛紛選擇向繆斯告退，安適於無詩無文的壯年之日時，宗舜卻愈發勇猛於詩路的探進，「用大量的血寫詩」，展演著他在新詩創作中的一分感興，不論是詩言志，或詩言情，甚至詩載道，在他的筆下，所記錄下來的，都是他大半生歲月的聲音。即使是面對「詩人的生計，冷果的稿酬」一般尷尬處境，但詩人「依然夜歸／依然燈火通明」（〈提款機〉），堅持著以詩明志的夢願。

　　如今，宗舜出版了他個人的第二本詩集，即從《詩人的天空》到《笨珍海岸》，無疑徵示著一個詩語言系統的轉換與完成，並由此告示著其詩回歸於本土的一個傲向。除此。這本詩集的出版，亦意味著向過去諸神（排列於其早期古典抒情詩作背後，如余光中、周夢蝶、鄭愁予，以及藍星詩社眾詩人等神像），以及向神州的想像與記憶告別，從此以其實感的經驗，人生的體悟，去樹立起自己獨有的詩風與語言特色。是以，詩作的結冊，及以〈笨珍海岸〉為書名，由此可以窺見宗舜做為大馬本土詩人所期待的創作定位，以及，其對新詩創作的關照與懷抱了。

古典之懷，時間之悼

——論雷似痴詩集《尋菊》中的古典想像

　　翻開雷似痴（原名雷金進，1958-）薄薄的一本詩集《尋菊》，追索著他在詩與詩之間彳亍行過的蹤跡，仿如閱讀著一個少年企圖以詩意去捕捉生命中無限的浪漫與幻思——美，古典的蒼荒。這是詩人揭示其所追求的詩意向／象度，以「菊」為象徵，標誌著其詩歌美學的構成。《尋菊》中的二十首詩，即在這美學的追求中，編織著一個詩意少年的幻夢。

　　「菊」，在傳統文學中隱喻著幽人逸士傲睨風雪，飄然出塵的情操，如屈原在〈離騷〉中所標舉的：「朝飲木蘭之墜露兮，夕餐秋菊之落英。」即展現著一種君子自好的高士與烈士風骨，或高尚的品質。到了魏晉時，因陶潛愛菊，秋菊盈園，又喜以菊花自賞，詩中亦常有詠菊之作，如〈與郭主簿〉一詩：「芳菊開林耀，青松冠岩列。懷此貞秀姿，卓為霜下傑。」即稱頌菊花的高潔品格與傲然風骨。故菊花與陶潛的形象在此也合而為一，成了隱者遺世離俗，孤高自立的象徵符號；此外，它也為一個躬耕田園，安貧樂道的隱逸之士拓下了令人著迷的深影。特別是陶潛在〈飲酒詩五〉所呈現「採菊東籬下，悠然見南山」的生活姿態，更幾乎成了後世文人所追尋的典範。像元稹在〈菊花〉一詩曾云：「秋叢繞舍似陶家，遍繞籬邊日漸斜。不是花中偏愛菊，此花開盡便無花。」甚至宋朝的周敦頤在〈愛蓮說〉，也指出了「菊，花之隱者」及「菊之愛，陶後鮮有聞」，這種移繹情志，

修養心性,追求本真的超越境界,無疑成了隱逸文學的一個象徵系統。是以,不論菊花或陶潛,在這象徵符號中,指出了一種風格,一種情志,或一種人生的態度。

而雷似痴的詩集以「尋菊」為題,正也對應著這樣的一個文學象徵系統,以與古典情志進行一種通感的契合。換言之,雷似痴是以古典的想像,架構了這本詩集的詩作,並循著遠古的意向／象,抒發一己的情志。唯凡是涉及此一想像,難免無法避開對時間的悼亡,或對過去的一份感喟。這是個體生命在文化鄉愁中追尋與矚望的一種必然呈現:想像－追憶－悼逝,從而也產生了蒼茫與荒涼之感。如〈尋菊者〉中所陳述的:

> 琵琶聲起,風掀開向陽的綠。萬綠叢中,露出一朵清新的黃菊。
> 奔向菊。風,依然吹著。你是追風的少年,在曠野中追風。
> 就在與風平行的剎那錯覺中,你遺失了菊。

在琵琶聲中所啟動的古典想像,連接上了中國傳統文化的一份情志追尋,因此「奔向菊」,不只於表現為一種對詩性生命追求的企盼,而且也可視為文化回歸的內在價值取向。所以詩接千載,叩尋的,是精神世界裡的烏托邦。「曠野」在此指涉的是空間也是時間,詩人則如遊子,企圖在文化的歸鄉路上,追求像陶潛一樣的生命情志。實際上,雷似痴長期定居金馬崙,身處田野,心離紅塵,在情性修養方面,具有一份寧靜致遠,疏淡自高的意向,故溫任平曾稱他為詩壇的隱者[1];然而現實中他又是在

---

[1] 溫任平:序文〈禪機與生機〉,《尋菊》(安順:天狼星出版社,1978年),頁2。

鎇銖必較的雜貨店中討取生活，這使得現實與其性格成了杆格。然而現實生活中的缺乏，才促成其內心的企望，或夢想，也才有「流浪的尋覓／菊的蹤跡」之追尋意識產生。這宛如失鄉多年的大荒，以詩性言說他那份望鄉的心情一樣：

> 這就是理由了
> 何以頂一頭雪
> 依舊柏然、松然
> 且悠然採菊東籬
> 萬里關山外
> 不論你的嫵媚或你的跋扈
> 都是我的極目
>
> 　　　　　（〈倘我是中國——致燃燒的靈魂之三〉）

在此，採菊或尋菊的姿態，敘述了現實中所無法企及的夢望。這份欲望，亦主導著詩人在想像的文化家園中，一分鄉愁的呈現。然而雷似痴卻意識到時間與空間的轉移，與現實中的處境是有所隔離的，故在自覺自悟中，他以說明的方式，直白的寫下了：

> 夜泛洞庭的夜已湮遠
> 自陶淵明「飲酒詩」後
> 菊已成清高脫俗的代名詞
> 你心目中的菊呢？
> 已化禪機千千

追尋中的轉化,是詩性主體的一個澈悟,或是存在思想與精神的昇華?這份言說,無疑是心性的表白,也是一種詩性的展現。如德希達(Jacques Derrida)在闡釋詩歌做為純粹語言時所指出的,它是一個存在者的揭示,或一個在者向已在者的所進行的詩性書寫,甚至銘刻。[2]故詩人在此所思／詩,無疑是生命姿態的一種顯影。是以由尋菊而化禪機,也讓生命敞開成無限的可能。唯縱觀全詩,詩人仍然還是在傳統中國文化的路徑上,以浪漫式的想像,剖露自我生命在追尋中的一份解脫。

其實這樣的書寫意識,在他的少作〈綻〉一詩中已露端倪。詩人翫忽哲思,以禪意入作,卻在所指中以排比的方式,指向了玄虛。因此,從右手的「禪」、「五指山」、「無極的果」,到左手的「劍」、「鏡」、「千千塵世／一朵蕊」,最後則「雙手齊攤／一枝白花開在／第三眼中／穆然」,做為一種覺悟或生成的表現,這樣的創作路徑成為其叩問生命的一種方式。然而禪機可見,禪理無著,這隱然可從中讀出,此乃詩人尚未深具生活歷煉,而逸然以禪入詩的產作。易言之,詩與禪的結合,表面上是以美學式話語展現著「無限可能」的「妙悟」,然而若無體證,則這樣的創作,將會因缺乏生命經驗底蘊,最後只成了在形式上進行禪思／詩,或思／詩想的操演,以致於詩義懸空,禪義虛化,而不得不落入了「空空洞洞的冥想」(〈某個夜晚〉),以及「不著相的幻」(〈水〉)之中了。

因此,在這樣的冥想與幻思裡,「尋菊」的旅程,除了禪意的演示之外,也迷入了古典中國地景圖示的文化想象中。如

---

[2] 相關論述,見德希達著,張寧譯:《書寫與差異》(北京:商務出版社,2001年),頁19。

〈長相思〉一詩，搬演著「長江」的驚濤和「長白山」上的白雪，以隱喻情感的狀態和純真，以及通過「萬里長城」譬喻愛情的忠貞和思念的深沉，或在〈時間〉裡「赤腳緣渡過江南的景色」等，將古典中國地景的符號置入了括弧裡，並統攝在文化鄉愁的意識上，以去衍繹著一種從書面（唐宋詩詞）轉化而來的意象和感性結構。因此「涉江而過」、「兩岸猿聲」（〈歲月的聯想〉），在詩性生命裡所形成的唯美抒情，連接著古典中國圖景，正也述說了詩人置換時空的詩想背後，外於自身經驗所想像的文化情結了。

而處於這樣的一個文化想像位置，如之前所提及的，總難免會在想像（古典）與現實（現代）的對照下，產生一種悼逝的感懷。想像的時間意識，與鄉愁式的回顧，其實是具有其同源的追憶性質，以及悼亡的感知。它所陳述的是「在」等於「不在」的存有方式。故瞻懷古典，詩人宛如被放逐於時間之外的旅者，總是在嘆息著歲月的流逝，傳統輝煌不再的失落。如〈浪人〉一詩所陳述的：

　　風止到風起浪湧到潮退
　　右腳到左腳的塵跡
　　頭髮到鬢鬚的斑白
　　是一座望鄉的
　　碑石

在此，放逐的旅程中，時間意象已內化為鄉愁，讓文化遊子在古典的緬懷裡，觸及了滄桑的實感。這份「望鄉」的迷思，也成了

一種詩性界說,言詮了由想像所形成的文化孺慕欲望;另一方面,它亦呈現出詩人的存在處境——文化流放的荒原情態。這宛如溫任平所自述的:「流放是一種傷」,一種被放逐於文化母體外,孤臣孽子式的創傷意向。這樣的文化情懷,幾乎已成了大部分天狼星詩社社員在創作時的情感/語言因襲路徑——即對古典語言的操作,運載著對中國傳統文化輝煌的想望與遠離的失落情緒。類此文化創傷症狀,若依據佛羅依德(S. Freud)精神分析學的解說,是源於一種「依戀」或「固著」(fixated)所造成的情結。是以,身處於中華文化的域外,加上受因六〇年代一群外省臺灣詩人(以藍星詩社群為主)的詩作語言影響,以及詩人本身的情感認同與浪漫想像,以致於從溫任平以下的天狼星社員,均脫離現實主體的存在環境,「固著」於文化想像與渴慕,並循此「創傷」症狀,書寫出了一個彼此之間風格擬似的詩作。

如雷似癡在〈飛簷〉一詩就是最好的說明。此詩以頂真/聯珠修辭格,架構出「輝煌欲飛的簷」之形象與欲望。「簷」在此做為古典的象徵,是詩人內在心象的投射。故詩人「登高」,「俯望」的是「一角雕龍的簷」。而在中國古典文學中,「登高」與「遠望」是時空意識所匯聚而成的兩大寫作主題,故「登高」是為了「望遠」,「望遠」則是為了「歸鄉」,這是一種鄉愁意識的潛在表現。然而此詩寫「登高」卻是「俯望」,一種近身與往下的凝視,由此形成了「在此」(in here)的姿態。所看的卻是「雕龍的簷」,一個「古典中國」的象徵;詩中視點也由近而遠,並透過「風鈴」、「清煙」以及「彌勒佛頭頂光圈」的虛幻,而落在「輝煌」的翹向天際之「簷」上——「此在」所想像的古典中國。這樣的書寫欲望,顯現了詩人對中國傳統文

化與古典詩意的追求；或更簡白的說，它是天狼星詩社類型的創作思維和語言表述方式，一個集體潛意識下，文化追尋的展望和展現。

因此，讀雷似痴這本在二十三歲前完成的的詩集，就其語言風格而言，無疑是陷入天狼星社群的創作思維模式中，以致於抒情主體的位置被掏空，並喪失了自我的話語與欲望指向。而思維離不開語言，這個因襲自六〇年代臺灣詩壇的古典語言系統，滲透成了天狼星詩人群的創作思維模式（其實不止天狼星詩人），進而構成了一個「匿名傳統」，在這樣的「匿名傳統」下，他們也承襲了這創作思維模式背後的文化鄉愁意識，表現著如那些被放逐於大陸母土外，無鄉可歸的外省詩人之存在處境。如余光中在〈天狼星〉（1961）詩中所陳述的，企圖尋找「通向長安的大道」，或要回到那象徵歷史輝煌的「秦關與漢月」，這樣的「匿名傳統」，主控著詩人的思維、語言與情感的創作路徑，更成了七〇年代末天狼星詩人群的創作指標。故《尋菊》中大部分詩作所表現的，正是一個這樣的追尋：焚燒星星，淬鍊古典，然後把自己站立成了一塊望鄉的碑。

而《尋菊》出版後迄今，三十年，詩人已從繆思的掌紋中出走，年輕不再，迎來風霜，送走歌語[3]；所有的詩與夢，也隨著年少激情，閃入時間的背面，留下的，更多卻是令人遐思的空白。而詩人，還會不會再寫詩？如同對沈川心的期待一樣，他們是我等著瞻望的，脫離屋脊而向著藍天起飛的——飛簷！

---

[3] 引自〈歲月的聯想〉其中詩句：「莫再提唐宋江湖韻事／待鬢蒼髮白憶年少行／已構成過的風／景，年輕不再／是風霜，是歌語或／是刀劍的年代／步過的歷史／留待來者去詮釋存在的／方向？」見《尋菊》，頁28。

死亡,以及一些存在的聲音

——論黃遠雄詩選(2008-2014年)的詩作

  黃遠雄(1950-)寫詩將近五十年。著有《致時間書》(1996)與《等待一棵無花果樹》(2007)二冊。而出版於2015年的《走動的樹》(臺北:寶瓶),則是其詩作精選輯,乃詩人彙錄了1967年至2013年的佳作,共99首,編成自選集。詩人自選詩作,大致之意,不外通過篩選以精粹化個人的作品,展示自我意識和詩藝成長,以及總結某個階段的創作成果,其中自也具有回顧與告別的姿勢,或一種向過去自己致敬的方式。選集中的詩,有68首來自已出版的兩本詩集,惟另31首,則是2007年之後的「新作」,之前未輯合成冊,而直接的選入選集中,由此可以窺見詩人對這些詩作的重視;另一方面,亦可看出其近年來的創作不輟,以及創思依舊的難能可貴。

  而這些占了詩選集三分之一的「新作」,其實仍然延續著黃遠雄以生活入詩的創作理念,即通過抒情自我(lyric I),探入事物與生命存有的言說之中,不斷從生活經驗和主體認知上出發,以更縝密的思緒,讓詩的語言穿過個人生命,去撩撥存在的遮蔽,以期敞開現象世界的某種意義。而這些作品有異於遠雄早期付諸於以氣使才,以意馭象,並趨向雄渾(sublime)之作的宏大聲響,如「帶著狂濤回去/大鴉那種森林的隙罅」(〈息羽〉),或企圖「以狂飆的聲音」,「展示自己鐵蒺藜的粗獷」(〈獨步〉),以及呈現出:

> 年輕時，叛逆的火焰
> 可以燃燒意志化成
> 一種傲然的鋼
> 呵！我就是那陣狂飆
> 雪亮的刀
> 可以砍斷我風塵的胳膊
> 割我霜露的頭顱
> 惟不能斷我的天涯路
>
> 　　　　　　　　　（〈歌〉）

那樣時以層遞結構的詞句去推動那充滿著氣勢、激情、決絕、傲骨與豪邁的主體情緒和生命言說。然而到了晚期的詩作，遠雄卻以另一種詩性延異的隱喻系統，展現了生命的另一種面貌。那是歷經種種生活頓挫、病痛生死、歲月滄桑後的敘事，是一段漫長過程中，詩人內心情感結構和詩性表達方式的重大變化。因此在這方面，實可當做遠雄於詩歌創作演繹史的一分存有檔案。

在這31首詩中，黃遠雄固然不忘以詩意的目光介入周遭生活和社會現象的各種情態，由此表達出其對現實生存的關懷和憂慮。這種介入，有其存在環境的貼身親臨，也自有其道德力量的表述。尤其在現實詩學的脈絡指向上，「介入」，幾乎可以說是成了現實道德的美學認知，或一種廣義式政治存有的自我展示方式。它最大的功能，不是面對自己，而是面向群眾，以期取得眾人的共鳴與回響，並企求產生社會（政治）的改革力量。

但黃遠雄詩中的「介入」，卻不盡然是政治屬性的表述，而是存在感知在惘惘威脅下的發聲，一種形而上的憂患和精神困

擾所衍生的詩性言說。如〈從今天開始〉一詩，詩人在詩中大量堆疊著「巡偵」、「夢魘」、「蛇豕」、「鷹隼」、「獵物」、「野畜」、「叢林」、「憂患」等詞彙，以呈現出周圍治安不靖，危機重重的存在意識。同樣的，在〈出門〉的詩裡，也呈顯了「尖柄的傘」、「防狼的噴液器」等婦女出門的心理不安全感，以及「大鵬陰鷙張翅／盤踞，俯瞰聚集遊行」、「濕霉菌」、「瘴癘煙霧」和「鼠疫」等政治思想控制和人為災害的控訴。這些詩作的社會性意向相當明顯，但卻也是詩人存在經驗的存在話語，或此時此地一種現身情態的表現。這樣的詩作，自非一般鼓動式的「介入」能加以概括，而是詩人明晰自我界域中的存有，以及存有之以為存有呈現其本身存在意識的一種方式。故身處陰鬱社會生活框架之下，詩末才會有「朝往陽光最燦爛的／方向走，朝往人氣麋聚／的方向走」之說，這也是詩人面向自我生命的一分祈求，或存在的語詞。

　　類似這樣的詩，尚有〈公園執法者〉、〈社區警衛〉、〈傷害〉和〈土撥鼠〉等，但這些詩，卻不是黃遠雄這時期寫得最傑出的作品，因為遠雄並無意於通過現實詩學拓展其詩作流向，亦無復往昔那份張揚主體情性的激昂，不再是「風沙中走動的樹」，或以匆匆行色，企圖「尋覓每一片燦爛的燈火」（〈塵埃未了〉），而是逐漸沉澱和寧定於生命的自我靈視，尤其在面對老年與死亡的逼迫之下，其詩作開始探向存有的自我辯證，在時間流域裡，審視了自我「在世」的意向圖式。

　　〈人在途中〉可以被視為其在這方面書寫的代表作。這首刻錄時間／年歲之詩，深刻的敘述了詩人六十歲時那分存在意識的臨現感，或如傳統詩學所謂的「當下興起，振響於無聲」的瞬間

感知意念———一種在世的自我呈現：

> 我年屆六十／已無法預設太多承諾／除了寫寫詩／調侃自己

　　因此詩人在耳順之年的生命意向，只能回歸到寫寫詩的自我遣懷內裡去。在此，命定的時限，與青年時期「要叫命運改道」（〈行色〉／〈塵埃未了〉），並昂志走向廣大的世界，無疑形成了強烈的生命辯證圖像。而類此海德格（M. Heidegger）式的「在世被拋入性」之命定存在，使得在途中之詩／人，產生了一分詩性的感染力量。惟遠雄寫來，舉重若輕，詩句明朗卻內涵幽深，並以層層展示結構的詩學方式，由「行將臨蒞但將永遠不會／兌現的等待」→「我總感覺自己還在旅途上／享受上蒼御准的配額」→「我樂於適得其所」，最後淡定的揭示了「我人還在／還在／行將抵達旅途中」的人生終點命向。這份對生命自我凝視的情態，無疑是曠達與開朗的。而詩中存有的體現，永遠都在路途之上，故人與生命的對話，才能在不斷流逝的時間裡，成其為動人的詩章。

　　此外，從現象學的面向來看，自我意識的表述，以及強調「物／我」的辯證關係，或在主體意識投射向客體的意向性活動上，自然而然的，必會表現出一種生命感知的情態來。另一方面，由於人的被「拋入性」存在，使得「人在途中」，或「詩在途中」的詩性意向，也因此含蘊了一種生命的姿影。遠雄在這方面有幾首詩，相當「有所為」的展開了其對生命的言談，或揭示。如他在〈恐懼〉一詩中書寫心理那「無以名之的恐懼感」，卻將恐懼感形象化為暴戾之徒，面對他們，除了「交出坦蕩的腑

臟」，和「門戶洞開」之外，就是空掉所有欲念，讓人多勢眾的他們「如狼似虎的搜刮內心／每一寸／陰翳可能匿藏的角落／直到一班魍魎／光明正大地搬空屋內所有／的殘垣敗壁」，只有這樣，「唯有內心囊空如明月時／我想，色厲內荏的恐懼／也該無趣／悻然的走了」。這是詩人面對恐懼的詩性言談，讓存有面向佛家所謂的「空無」，則就能在黏滯的世界中釋放自身，坦蕩而無所畏懼了。但詩人到底恐懼甚麼？則無法言說。此一如海德格的存在哲學所言及的，「恐懼」（Angst），常常讓人惶惶然，卻不知所恐懼者為何。因為它與「害怕」（Furcht）不同，「害怕」具有特定對象，「恐懼」無以名狀，卻使人陷入一種「無家可歸感」的存在狀態中，因此只有「死亡」，才是人生的旅途終點。當然，對詩人而言，詩是其親臨於現世的一種存在言說，是「此在」（Dasien）的在世姿態。唯遠雄在此，面對恐懼，卻任由恐懼將「家」拆掉，而趨向「無家」的空如，並企圖以此來安頓生命面對死亡的逼視。

然而死亡是生命不可逆轉的存有意義，是生物學上身體走入終結與消亡的獻祭。死亡是無可演練，也從來無人能從中逃回來報訊，更是經驗與意識所無法到達的深淵，所以也往往構成了人們對此神祕、幽暗，以及如阿多諾（Horkheimer Adorno）所稱謂的「陌生的無名之物」，產生無知與原始的恐懼。尤其在抵達某個耆衰年齡之後，時見朋輩成新鬼，或如陶潛〈擬輓歌辭〉所說那樣：「昨暮同為人，今旦在鬼錄」，而不免對「死亡」生有莫名的焦慮和虛無感。遠雄在其《詩選》後記就曾提及：

　　有感於耳際頻傳親人故友的靈訊，覺得生命無常……常在

> 一起茶敘聚餐，相互調侃的老友儕們，突然一屁不響，
> 一一撒手離席，在心頭難免纏繞著一絲絲的悲涼與無奈。

因此作為存在盡頭的死亡，往往成了在世者最大的威脅，也成了生命中縈繞不去，以及無法擺脫的宿命與無奈。然而詩人是怎樣去觸摸死亡的呢？或在詩裡，怎樣去呈現死亡的魅影？

黃遠雄在〈火焚場，盡頭〉一詩裡，通過了舊報的訃聞回憶起其父親亡逝的情景，那實是一種探視和感受死亡狀態／現象的方式。因為死亡是超越主體經驗之外的存在，是以，只能通過他人的死亡，才能得以想像其之過程／形式與可能發生的意念。而詩人對其父的死亡，卻做了這樣的一種詩性描繪：

> 父親是在眾聲喧囂的街頭
> 被無名的昏眩埋伏
> 眾目睽睽下
> 被一小撮狼虎之徒吆喝
> 強行擄走

在此，「無以名狀」的死亡被形象化和具體化成暴戾的「狼虎之徒」，並且通過「無名昏眩」的症狀襲擊，將父親強行捉走。而父親的蹤跡，從此之後，成了「隔世的隱匿」。至於那「死亡」場景，卻留給「誦經隊伍」和「火葬場」去加以渲染。最後父親：

> 悲壯地
> 騎上送行的焚鶴

死亡,以及一些存在的聲音——論黃遠雄詩選(2008-2014年)的詩作

> 往烔烔的火爐內縱躍
> 絕塵而去⋯⋯

詩的抒情性占據了此一死亡敘事的罅隙,並為隱喻符碼所組構的死亡圖譜,展示了某種祕傳的儀式:誦經、送行、焚化與消失,讓想像的死亡,滲入了生者的意識底層去,進而銘刻成最初和最後的死亡意象。尤其最後一段,詩人寫道:

> 父親走後
> 遺下我一人
> 獨享人間魍魍魎魎
> 與悲涼

這樣的主體情態展現,顯現死亡想像在生者的現實裡,成了一種意識滲透,並內化為心理的深層結構,以無名的恐懼或焦慮/失落,承擔著在世的死亡意向與命運。那也是存在主義者所謂「人是向死亡的存在」而存在,因為生/死是存在者的一體兩面,故在此,詩人在抵達某個年歲後,終於在父親死亡的回憶裡,觀照出了死亡的孤獨與悲涼。所以從生看死,死亡之鏡,無疑折射出了詩言主體自我生命的揭顯和處境,以及自己的存在意義與位置。像他最近寫的一首詩那樣:

> 最終由死亡帶我上路
> 像鮭魚,逆著時間走回最初
> 泛潮的洞穴,耳聽迎面燥熱的

> 風，不斷與逆向的身體冷語言碰撞磨擦
> 擠出無盡的辯駁與絮叨
> 的火花，讓今生的起伏
> 在無盡的時間反潮中
> 與宿命論夾搏……[1]

死亡的課題，隱然成了他近期詩作裡，越來越重視的創作思考和主題面向了。

總而言之，黃遠雄的詩，在這方面有他的意識徵向，年歲及者，人生閱歷轉深，隨之而來的老病與死亡也成了現實事件，成了生命裡無可躲閃的存在。因此，六十歲後寫詩，其實語言與技藝已經不是詩人最重要的考慮點了。文字的巧拙翻轉，也不在刻意為之的創作理念下完成，而是自然而然的，出自存有的蜷縮和伸展吐納，一分生命自我意識和真實的聲音。這類詩歌言說，毋需爭奇奪麗，別出心裁，或刻意為之，其中，亦自有其動人的聲調。

另一方面，綜觀黃遠雄在這時期寫的詩，即使具有社會關懷的指涉，也是源自於個體生命經驗的感性／抒情形式的揭顯，非政治意識形態式的介入。畢竟詩歌一旦介入意識形態的幻覺，將會自毀於其詩性本體的開展，因為其需求的讀者是群眾，而非個人。所以黃遠雄這些貼緊其生命流向延伸而下的詩作，尤其晚年對死亡進行內在審視的作品，可以說是展現了詩與存在之間那分內在的隱密關係，無疑的，在其詩（這時期）的創作上，亦賦予了不同以往的價值和意義。

---

[1] 這首詩題為〈回到最初點〉的詩作，是黃遠雄2016年尚未發表的作品。因不在《詩選》中，故僅置入於此做為參考，卻不多加以討論。

叩門的回響

——讀沙禽詩集《沉思者的叩門》

　　沙禽（陳文煌，1951-）創作四十年，四十年出版了一本詩集《沉思者的叩門》，收錄一百一十六首詩作，從1971年的〈幻象〉到2008年的〈鄰居〉，呈現了其詩藝的進展與嫻熟，以及詩思的沉著與開闊。而詩之存在，對沙禽而言，可以說是其存有的見證，或一種回到心靈對話的蹤跡。故其詩的語言，處處閃爍著生命的毫光，企圖撥開遮蔽的重重密林，以敞開自我生命的一分言說。

　　而沙禽以詩句叩門，其姿態則形成兩個面向，即需面對詩的藝術殿堂，以及對自我存在的探尋。這一如波特萊爾的冥思者，從詩的藝術一端出發，向藝術的另一端，尋找時代的光影，與觀照生命的變動。因此，從某方面而言，叩門，在此可視為求音之法，也就是陸機在〈文賦〉裡所言的：「課虛無以責有，叩寂寞而求音」，一種從廓然生命裡的美學追索和對客觀世界的思考。惟叩門求音，音聲的波動和回響，無疑更能與聽覺感官相呼應，由此而觸發出生命內在的顫動，以及迴環反復的藝術特色。

　　綜觀沙禽的詩作，可以讀出這種叩門時回音彷彿的聲響，它宛若一種節奏，透過不斷重複去喚醒人們逐漸麻木的知覺；在人類學上，回音被視為一種召喚，召喚人們重新重視已經消逝了的話語和歌謠[1]。然而在詩學裡，詩人卻以此技藝，展示了其意

---

[1] 李維・斯陀（Claude Lévi-Strauss）在〈普桑畫作主題的變奏〉通過了普桑畫作的構圖，衍引了回音（echo）在音樂、神話和詩學上的演繹和意義。

識和情感的流氣,以能指間鐫刻所指,指出了詩／思維幽隱的向度,以及生命的自我靈視。

因此,在沙禽的詩裡,處處可以看到迴環跌宕的詩句,如句子與句子的重複(類疊),以製造詩歌的音節;或調動複韻,即通過同一韻腳的不斷復沓,以產生詩的韻律感,由此衍生出詩的音樂性,一種類似民謠風的詩意呈現。像其早期的詩作〈短歌行〉、〈去不到那裡〉、〈叩門〉、〈黑色情人〉、〈讀書人〉、〈周末〉、〈在路上〉、〈歌者〉到晚期的〈夜郵穿過邊界〉、〈一九三二,貝克特在巴黎小旅館〉、〈話語也只是話語〉、〈彷彿永生〉等,俯拾皆是音色流麗的符號展示,並形成了其詩作明晰的音聲系統。從某方面而言,其詩歌的節奏也強而有力的支撐著其詩作隱喻內部的意義和主題。

如〈沙漠之狐〉中:

深思遠慮的
土地篡奪者
竟把一生的機鋒埋沒在無垠的風沙裏
舉旗　舉旗
不論他最終的目的是水還是泥

就人類學上而言,回音的重複性,將喚醒一切消失和懷念,通過語言和音樂,讓歌聲因迴盪而形成久遠。相關文章收入李維‧斯陀著、廖慧瑛譯:《我們都是食人族》(臺北:行人,2014年),頁181-192。

或：

烽煙四起
三對一五對一七對一
他從不畏懼霍霍如雨的利器
且在窒息的炎陽下
旁敲側擊　奮起
一口氣挺進三百哩

詩句以i韻（一韻）對押而形成綿延悠揚的聲調，同時也以長短句浣亮的節奏，凸顯出沙漠之狐（一戰時期德國陸軍元帥Erwin Rommel）在戰場上所向披靡和前進的速度。而音節快速的層遞，漸次隱喻了宇宙大荒中人生趨向虛幻的生命情境，智愚成敗終歸空無的結局：「我只發現／他和萬千的螞蟻並排躺在一起／啊，那豈不也是我和你」。詩韻在詩性空間裡迴盪，調動著輕快板，讓詩的韻律和內涵有機結合，巧妙的將詩情／思傳達出來。

也有如〈詩是困難的〉，詩人不斷以「詩是困難的」陳述詞，強調詩的命運蹇拙，排比的重複，增加了迴聲的重量，低迴的讓人深刻感受詩人在現實面前的困厄。或在〈旅途的詩和詩的旅途〉，詩人不斷複誦著「從先秦一路走來」，千年跋涉中的詩，顛沛流離於途中，然而卻也見證著歷代詩和詩人存在的證據。在此，沙禽以一種提煉過的口語化語言，復迭的迴聲，讓詩，更靠向生存狀態的現實，展示了現代性內在於詩的語言中，一種觀照當下意識和問題的開放。

所以沙禽的「歌者」有異於溫任平的「歌者」，不以老月琴

彈奏流放於古老文化之外的哀歌，沒有江湖，沒有唐代的樂府，沒有胡笳十八拍，有的是「在市集的喧鬧裡浮盪／在曠野的孤寂裡沉潛」（〈歌者〉），或跋涉於股票的升降，或面對車流在阻塞中嘶喊，且在現時現世探尋「一些真實的聲音」。因此，他常淬鍊日常語言（或曰現在式語言），拓展詩歌的腔域和資源，擴大題材的腹納，去叩問現實的生活和生命場景，使其詩作與現實情態，有著內外的相交和對應。

如寫〈維摩詰在吉隆坡〉即為一例：

> 工廠正在加班
> 城市展覽她的鑽石心腸
> 維摩詰
> 和眾人一樣匆忙
> 病，是必然的
> 惟他們的診療所在設備齊全的廳堂
> 維摩詰的藥方在思無思的陋床

詩押ang韻（尢韻），音節層層推進，不但寫出了修行者在城市修行的生命景況：加班、匆忙、病（精神的空疏），也娶妻，也生子，使詩面向現實人生的場域，生活的日常。故沙禽在這方面的詩性反省，於上世紀八〇年代初，可以說是比同時代詩人（世代的一致性），走得更早和更加長遠。

有時為了讓詩的語言在詩性中延異，或讓語意在語言皺褶中延伸向變化多端的新奇，沙禽也不時以機巧的悖論語言，通過矛盾的修辭組合，形成了其詩作中弔詭（paradox）的辯證話語。其

實類此修辭技藝,在六、七〇年代臺灣一些詩人詩作裡,亦可常見。如周夢蝶的「從不曾冷過的冷處冷起」,或羅智成的「蠟燭在自己的光焰裡睡著了」等等皆是,它以悖論伴謬,製造詞意的對抗與統一,並拉出了詩性的張力來。

最明顯的如他在〈波赫士的晚年〉一詩描述波赫士的目盲和智慧:

> 比我們幸運還是不幸
> 他繼承了八十萬本書和黑暗
> 于是看不到肉眼可以看到的
> 以及看到肉眼看不到的
> 無盡的夢和現實

詩中的「幸運/不幸」、「看不到看到的」和「看到看不到的」矛盾詞語組合,以相反相成的方式,激盪出了詩的美學效應。同樣的,在〈復國以後的勾踐〉裡,也有「他不得不否定一切/僅僅為了得到否定一切的權力」之悖論語,通過外在與內在張力/拉拔的雙重對峙,以刻劃出勾踐的意志權力和形象來。這些充滿機智/狡點的詩歌語言,無疑是沙禽詩作中相當熟悉的詩藝展現之一。而他在這方面的操作上,也相當自覺。因此,處在這種種悖論情態的世界,〈否定的言說或肯定的詩〉可以說是他在這方面的詩觀自道:「在他否定的肯定的世界裡/他/沒有/但在他肯定的否定的言說裡/詩/有」。此一詩語言詭論說的詩性闡述,正也說明詩人是勇於從破壞中尋求建構的創意認知,或一種從藝術辯證裡搜索自我的生命體悟了。

總而言之，沙禽以詩輕叩藝術的殿堂，回音盪漾，讓人讀來，亦心生迴盪之音。故在迴音裡沉思「沉思者的叩門」，讓許多節奏在詩句與詩句的碰撞間，溢出字面，產生隱喻效果，或延長了詩的情感向度。其詩歌創作的知識和技藝支援，有的來自西方詩學、有的來自六〇年代的西方歌謠、或中國詩詞和經典諸如《南華經》等，並以日常口語化入詩中以無間，由此而煉就其詩歌的風格。大致上，沙禽的詩，不屬於意象派，即以意象言說思／詩維的詩意表述方式。更多時候，其詩乃服膺於馬拉美（Stéphane Mallarmé）「暗示等於創造」的象徵手法，以烘托、對比和暗示等，表達隱匿於詩人內心的訊息。如〈K的追尋〉、〈大師〉、〈胠篋〉、〈象罔〉等，都可以說是這方面的佳作。

　　因此，如果放在當代馬華詩歌的展示上而言，沙禽的詩作，與一些向古典中國吸收語言和文化資源的同世代詩人有所不同，他走的不是「縱的繼承」那一套詩學理路，而是比較靠近五〇年代末紀弦在現代詩派宣言所強調的「自波特萊爾以降」，「橫的移植」之創作實踐，一種對詩純粹性和知性的追求。其詩具有入世的觀瞻，或面對現實生命的關注，但與較年輕一輩企圖以詩介入現實生活／政治，注重現實功能，而將詩降低於朗誦層次的廣場意識，卻又完全迥異；他是內向於心靈的探問，外向於生命的思索，置於當代當世，翹起而成為風塔的姿態，讓詩以遊戲、以辯證、以歌行、以日常，穿過生活的曲徑，出入現實和想像之間，為內在的自己，以及外在的世界，叩門，沉思。

　　沉思，叩門。在詩的音域裡，如能因此產生回音，回音激盪，才能傳之久遠。

詩的最初儀式

——讀賴殖康詩集《過客書》

　　殖康（1989-）要出詩集了。二十七歲，出版第一本詩集，具有非常大的象徵意義。

　　在他的文學生命史上，這本詩集的出版，是一分詩性的召喚，讓詩言主體，有了一個可以安居的家。以後的詩作，從第一本詩集出發，也將會有所依據，或有著更能辨識詩人身分的根源與流脈。易言之，詩人未來的詩作，其之關懷面向、想像力、感受力，以及語言姿態的更張與變異，大致上，將會由此延伸為其詩作的意向圖式，而呈現出屬於自己未來創作的意識與視野，甚至風格的煉就。

　　（雖然古人常有「毀／悔其少作」的懊惱之事，如漢代楊修，明代徐禎卿，清代的黃仲則等等，總希望鉛華少作，盡歸絲竹，過眼而忘。尤其在抵達某個年齡之後，許多人再回首年輕時所寫的作品，或欲選入自選集裡的時刻，常有欲刪之而後快之感。畢竟，創作的視域期待，會因年齡和人生經驗的不同，而產生不一樣的要求了。但對於第一本書，或第一本詩集，就作者／詩人的創作意義上而言，仍然具有碑誌般的重要。）

　　而殖康在大學時才開始創作新詩，起步不算遲，但也不算早。又因唸中文系，所以在詩的語言上，難免會沾染上以雅馴為主的一套詩歌語言系統，那屬於文白交雜、簡練、凝聚，並具有書面語法的思維結構。這是一般源自修讀文言和古典詩詞的涵養

薰發,一種「文」體的表現,但語言結構卻趨向穩定特質的語言表述。大抵上被古典文學訓練過的人,筆下文字,幾乎難逃於此一語言的聲情籠罩。

因此綜觀殖康詩集裡的詩,到處可以見到如此典雅的句子:

> 千絲護著纏綿
> 萬縷疼著繾綣
> 撫摸著妳的鬢髮
> 我的甜言
>
> (〈單人床〉)

> 也該有一雙玉手
> 拂我,以蔽月之柔
> 助我闔那雙疲倦的眼
> 讓這個夜晚短些
> 讓夢的世界長些
>
> (〈獨坐〉)

或:

> 暗夜染你成禁地
> 淌血的濕流過乾土
> 撫拭淚流之魂那遊蕩
> 靜守一整個空地
>
> (〈紀念碑〉)

等等,那更遑論「華髮」、「伊人」、「斷弦」、「跫音」、「年華」、「思茲」等詞,遍布詩句之中。因此如果說,語言思維決定著詩作的內在意向,或指涉,則類此辭格所涵蘊的情感,卻是內斂且含蓄,適合用以抒情的詩意呈現,以及揭示官能的祕語。

而在文學現象中,語言與意義勢必構成一體。形式也往往從屬於內涵。是以抒情的書寫,自有一套語系做為內心獨白的音質,以去呈現心境和興發感動之意。因此,做為一種朝向內在世界道路的語言,美典語言所形成的抒情表現,主要還是以「情」做為主要內容。抒情自我在詩中的呼吶,實際上也離不開這份生命的欲望追索,語言投射出來的內涵,涵泳著詩言主體當時的存在情感、心志和景象了。殖康在詩裡習用的語言,剛好在這方面可以做為其情感最好的陳述。

大致上,在殖康的這本詩集裡,輯部一「離家」的大部分書寫基調,離不開個人的情感狀態中孤單、寂寞、思念、蕭索、沉鬱的感傷抒發。在陌異之地,孑然獨處的存在空間,最能感受到人情變化的冷暖,也最能影響身體的感知狀態。如古詩中,「人情」與「時物」,總是在時流推移裡,令人興發感懷,或傷春悲秋。不論羈旅者,閨中婦,或士行客,不時流盪於孤寂的情感欲望邊緣,憂思或憂情,盡皆通過心靈情緒傾述,呈現出當時生命的一份存在感知。因此,外在的景物,時常會擾動內在的情緒,如風掀起水的波紋,而形成了詩中的「抒情直觀」。

殖康曾經浸習於這些古典詩詞,加上離家獨處,作客他方,故書寫這方面的愁思與感懷,隱然可以窺見古典詩詞對其詩作的影響。是以從〈獨坐〉、〈候點〉、〈冷衣〉、〈離家〉等詩,大致上可以見出其詩作中的抒情脈絡,具有美典的想像與觀照。

一如在〈單人床〉一詩中,他頗為巧妙的將雙人房與單人床進行對照,由此襯托出個人的孤單與心理的寂寥。而原本該有的兩人體溫,最後卻只剩下了一個抱枕,空虛的「聽見棉花,默默／冷斷了髮絲／沒收了甜言」。類此閨怨的變調,孤寂的獨白,情感的失落,幾乎貫串於其早期(「離家」輯部)許多詩作中。如〈不曉得〉因隔絕所引發的思念,〈墓邊人〉的死亡守候,〈摘星〉裡的記憶別離等,充斥著「分離」的處境和「孤獨」的情懷。這樣的情感表述,最常見於閨怨詩體。殖康在「城中人」輯部中有一首詩〈渚——讀閨怨詩有感〉頗能在這方面做一註解:

> 她記得那個夜晚
> 思念被剪成兩張對立的
> 椅子,而談話在雲端
> 呼吸在對話框隱匿
>
> 她以日曆包紮傷口
> 刪除溫存
> 卻被不時閃爍的路燈提醒
> 今日已是昨日的拷貝
> 筆記本闔著
> 抽屜
> 一拉開便有心碎

感傷的獨白敘事,呈現出人物的感官知覺和情感姿態:等待、守候和思念成為詩中的抒情結構,亦展示了守望中芳華虛度

詩的最初儀式——讀賴殖康詩集《過客書》

的寂寞感。所以殖康在大學時期所寫的詩作，具有移情的作用，即從閱讀詩詞的感官情緒，不論心理和生理的，都被調動到私我的生活祕語中來，而潛隱成了他那時期的生命言說。

及至「過客書」此一輯部，或許因為脫離了狹小的校園生活，進入社會工作，人生經驗和視野也逐漸開闊，關懷面日廣，因此創作的面向也不再只是往私我的情感內挖掘，而是有了更大的關注點，題材也比較多面化。而必然的，在創作上，只有讓詩的視域往外拓展，才能將詩的生命壯大，尤其讓詩探入生活裡，探向現實中，使詩產生了更寬廣的吐納腹地。

所以在採訪線上的工作，以及後來參與愛心慈善機構，到偏遠窮鄉支援和救濟的活動經驗等，無疑打開了殖康在詩歌創作的眼界。在這方面，我比較喜歡的其中的一首詩：〈在柬埔寨賣咖啡的小女孩〉，可以說是殖康此一詩集的代表作之一。詩中以烹煮咖啡的動作與過程，生動地描繪出柬埔寨小女孩的身世。詩句簡樸可感，相當形象化的襯托出女孩背後柬埔寨窮困的剪影：

> 她把曬過的手往風裡招
> 讓路經的旅客知道，手落處
> 有一片綠洲⋯⋯
>
> 她眼珠圓大得能裝下整個地球
> 卻無法追蹤
> 父母於小小國度內踏過的黃土
> 當轉角有暗影掠過
> 咖啡壺中那霧氣便自她眼底罩出

167

> 一絲迅即滑落水底
> 名叫團圓的蒸氣……

　　詩從現實進入，也從現實出來，筆法精簡得如攝影器，不但記錄了影像，同時也紀錄了一個時代與生活的實況。在此，「咖啡」作為資本主義的象徵，與旅客的消費，共構了一個商業場景，由此，也反襯出小女孩處於貧困中，失學和流離的處境。柬埔寨的貧窮與剛開發，更隱藏在小女孩的背影之後，從詩句的淡定裡幽隱地慢慢流瀉了出來。而詩，也因有著此一關懷的視角，無疑變得更有力量。

　　除此，〈賣冰老翁〉一詩也是屬於現實書寫。殖康從現實面切入，刻劃出了賣冰老人的生活場景，描述了底下階層人物奉守工作於一生的默默無聞：

> 與烈日抗衡了／半個多世紀的年華／從雄壯到佝僂／從烏髮至華髮

以及：

> 而今／殘破的屋瓦仍挺立／在熱風中透涼

詩寫的是老人，是去去無聲的歲月，是人世茫茫中一個微不足道的庶民生活小史。詩中沒有（動態）現實主義詩學的批判意識，也沒有揭露或挖掘社會的醜惡，不若白居易寫〈賣炭翁〉那樣，對極權壓榨、剝削和掠奪人民的現象加以抨擊；或像一般現實詩

學,以主觀情感,企圖介入社會,進而企圖改變現實。其詩,只是客觀的讓詩靠近現實,關懷某個生活層面的現象,是屬於「靜態現實」的書寫,即以平實紀錄,加上一點個人的抒懷,描繪了一個現實人生的切面。這樣的現實書寫,只提供倫理人情的依據,因此,若想從詩中尋找反諷與抵抗的精神特質,可能會大失所望。

但如果說殖康的詩,缺少批判精神,也不盡然。他寫〈馬來西亞想像之三色奶茶〉對一馬(Satu Malaysia)政策的諷刺,以土著深色椰糖為主、參雜次要的奶精和紅茶,加上大量外移而入的冰塊,闡述一馬政策以馬來族群做為國族主義理念的虛妄和荒謬性,不論形式與內容,在其個人的詩作中,可謂獨樹一幟。如:

飲用方法:
1. 飲用時請大力攪拌／以體驗馬來西亞式的一馬
  三色奶茶。
  (你會發現攪拌均勻後的單一色澤,暗藏三層味覺體驗)

散文式的語言,和詩句的排列秩序,隱匿了詩的符碼,或許有人會視之為後現代詩的表徵方式(但後現代理論太過被濫用了),然而在意義的指向上,它卻是明確而揭顯的,並非一般的遊戲之作。大致上,其現實意義大於形式的演出,更何況,類此詩之形式表現,在焦桐的《完全壯陽食譜》許多詩作中,已然使盡了,所以也不算是實驗性之作。唯就在地現實的政治批判上,此詩仍然是有其可取之處的。

一如德希達(Jacques Derrida)所指出的,創作如果不是為了

揭顯，則創作之意義何在？因為存在早已開始，創作只是為了去揭開那存有的意義而已[1]。殖康的詩，在某方面而言，是具有其揭示性和觀照性的。從早期詩作中對自我存在的孤單，對戀情的傾述，以及後來對社會現象的觀察，對政治意識的揭露等，都具有其詩意的延伸與開展；就詞藻方面，也因應著題材的不同，從典雅慢慢走向比較平實的質地。畢竟，華麗與典雅的辭格，並非詩的首要，只有具有生命力的現代語言，才能把詩的現代精神與內涵表現出來。而從殖康這本詩集中前後期詩作的變化，以及詩語言的轉折，大致上可以窺見他其實在這方面，應該也是有其自覺的認知吧？

　　殖康閒餘也寫武俠小說。寫武俠小說需要奇想，不然在情節上則就無法吸引讀者追看下去。同樣的，寫詩也需要奇想，需要節奏，需要技藝的翻轉，所謂詩到狠處方生奇，詩之道，即在其中矣。我不知道殖康未來的詩路會怎麼走，但做為馬華詩作者的新一輩，我想，創作意識中與前輩們應該要有所隔離，或翻弄出不一樣的東西來，才會比較有意義，也才會比較好玩。因此，這也是我對他在新詩創作上，一個小小的期待了。

　　殖康算是我的學生，但我沒教過他。可是因為畢業論文指導學生鍾念倫的關係，所以對他稍有瞭解。後來他畢業時，曾經想來擔任我研究計畫的助理工作，惟我考慮當時四周狼虎對我眈眈以待，免得他牽扯進來，因此也就拒絕了。但在心理上，仍是覺得有所虧欠。而如今，他要出詩集了，請我寫序，我欣然接受，算是彌補了當時的那一份歉意，並希望，他的詩能越走越遠，慢

---

[1] 雅克・德里達著，張寧譯：《書寫與差異》（北京，三聯書店，2001），頁19。

慢走成自己獨立的王國。

寫於2016年9月10日　羨魚居

同志腔調：詩身／聲獻技

——論黃龍坤詩集《小三》

一、

　　詩的姿態，總是跟個人生命情感有關，跟身體的知覺與想像形成一種語言和聲音的表演，那是以自我為獻祭／技，將存有挹注為外在的身影，演繹著現實存在的一分體認與刻痕。所以詩人寫詩，總離不開其之心／性向，以及所處的時代情景，那是供他詩身現技，或獻祭的場域，因此具有存在意識感的詩人，不免會隨著時代的潮浪，讓詩，展示出一種現世的身姿，以及與世界互動的心影。

　　而黃龍坤（1990-）寫詩始於大二，二十歲的青春，正是謬思（muses）最鍾愛的時期。詩語言的魅惑和靈幻，足以召喚讀中文系的他，列隊成為詩的使徒之一，以身／聲獻技，排練語言的秩序，以去揭開一個自我的詩性空間。FB可以說是他詩／私舞臺的表演場地，可以高歌獨舞，也可以偕FB友互動，互嗆、互讚、互調侃，而形成眾聲喧嘩。這樣的場域，無疑孵育了他的詩感，不論從語言、思考、性向、情態與知識訊息等，都一一組成了他在詩創作中的一份感知結構。因此，談龍坤的詩，必須先放置於此，才能洞察其詩創作的幽微，由此也才能燭照出其詩的一方世界。

與七字輩和八字輩詩人歷經BBS、新聞臺、部落格等不同，從FB世代崛起的詩人，總是敏銳的接受來自各方大量的資訊，頻繁的對話和互動，形象的經營，以及YouTube嵌入所形成的聲光色影，它大異於前輩詩人在過往網路上獨自對詩的展示和營運。因此，社群網絡模式的更變，無疑使網絡世代間的詩作者，與其前輩詩人的語言觸感有所不同，即使是詩的思維表達方式，也是大異其趣。如臺灣的任明信、潘柏林、蔡仁偉、徐佩芳、宋尚瑋等，相當精簡的掌握了一套口語式的詩白話，沒有太多炫技的意象和形式美學信仰，語言直指意義核心，卻能衍生出另一類的詩風來。是以，典範的轉移，由此顯而易見。惟在此，我無從探測龍坤是否受到這些詩人的影響，但縱觀其詩的語言展現，卻能脫俗於中文系的薰養，相當自覺的棄絕文白交雜的語彙，而以一種平易又不失簡煉的的話語，演示了其詩的內在情態。

　　大致而言，詩的當代性，也是語言的當代性；語言當下的揭顯，往往也反映出了其詩中當下的心緒。因此，語言的聲部，正是回應詩作者的現身情境，以及其所處的時代之祕響與交音。如韓波（Arthur Rimbaud）所說的：「語言在說我」，詩語言的調遞，無疑將敞現出詩作者的生命交感，以及他在那時代的姿態與意義。而龍坤在這方面的詩，卻是以短見長，有時寥寥數句，就相當飽滿的陳述出了其詩中的意旨，如：「有時候╱你等不到╱有時候」（〈遺憾〉），或「匱乏是匱乏的圓滿╱圓滿則是匱乏了匱乏」（〈人生很難〉），以弔詭之言，悖論之說，嘻皮式的凸顯了憧憬與失落，人生實難的困境與無奈。雖然類此矛盾機巧的修辭，常見於早期現代詩語句的鍛鍊上，但在當代詩存有的辯證中，這類伴謬語亦時有所見。畢竟，悖論語是詩歌在任何時代

都會出現的話語方式之一,它的相反相成與相互激盪,可賦予詩一個雋永的生命張力,並成為詩歌獨有的美學特色。

然而這只是龍坤詩作的一個表現,尤其在短詩的鍛練間,自有他關注的語言焦點與策略。如他帶著嘲諷的〈短詩〉:「我寫的詩／比你的屌還長」,乍看隨意為之的粗鄙詞彙,卻隱含了一種對典雅和崇高的叛離,或對抗。詩語言的解構,與詩意的放逐,讓詩抵達了另一種審美消解的境地。所以對他而言,倘若依循過往詩意象的操作,重蹈於前人的影子,則不免徒負詩人之名而已:

口中咀嚼別人的
詩
吐出
哽咽的字

大象踏過
意象如籽核般劈啪
碎裂

一陣呼氣
詩人的稱呼,可能是
某某,某某人的詩
透隱成與烏鴉
一般

(〈不深刻的意象〉)

因此，只有回到自身語言的吐納，方能蹈踏出自我存有的聲音，而不會成為「天下烏鴉一般的黑」，從別人的詩集與詩集間四處遷徙與紛飛。

是以，由此窺視，詩做為其生活起承轉合的展示，在FB上的狂歡裡，總是要尋找出一條詩性的活路，如他在〈復活〉一詩中所陳述的，鹹魚脫掉了鹽分後，復又能潛回海裡悠遊一般，那種「復活」，不只暗喻現實生活的艱難與追求，同時置入詩語言的指涉上，也是一種「死裡求生」的追尋之法。故詩之興，必有詩心同行，也必有自我的音聲同步，間際激盪，走出一條自己的詩路，才是一種創作的方法。

而優游於FB，虛擬裡也別有風景，因此祕通觸響，也能叩寂寞以得音。如黃大謙在二〇一七年五月初在FB四處被分享的YouTube影片：「如何讓別人誤以為你是高知識分子」，以三個學術概念詞，去脈絡化、文本和結構做為其惡搞知識的笑點，卻被龍坤轉化成詩，並以廢文的方式，發為一首惡搞式的〈睡眠主義〉：「我睡覺的姿態／是文本／也是一種牢固的結構」。進而由此鋪衍，蔓生出羅蘭巴特、佛洛伊德、沒有意義的符號、歧義等，並通過遊戲式的指向，以「一場去脈絡化的行為／忽視夢的進程／推翻了一場／以睡覺為名的論述」，嘲弄了學術界的好套理論之風，死於術語和自設框架之下的去脈絡化詮釋，而成了標籤黨的信徒。此一反諷，雖說是從黃大謙的YouTube觸類引發，卻是別有意指，因此自也不能純以無意義遊戲的方式等而視之了。

易言之，FB世界提供了詩作者一個創作視域，使詩之興觀群怨，能為其當下的存在註釋，翻新感覺，使詩之語言長驅直入詩界的戰場，開拓詩的版圖，從而也由此展現了龍坤實是可以成

為馬華詩壇九字輩中,最可期待的詩作者之一。

二、

　　當然,閱讀《小三》此一詩集,幾乎是不能繞過其之同志詩的闡發。而整本詩集的核心,也都環繞於同志身分的辯答和欲望的再現,以及對宗教與異性戀者霸權的政治批判上。

　　因此,在詩的告解中,我們可以窺見詩作者以懺悔的形式,對神／父權(象徵異性戀霸權體制)進行一番詰問,而此一詰問,正是叩打在歷來異性戀霸權經由法律和宗教法條的規範,以鞏固性選擇和生殖功能的體制上,以造成同性戀者「被病態化」、「被異類化」與被壓迫性的現象;而告解,一般上是被視為有罪的懺悔,如傅柯(Michel Foucault)在《性史》所指出的:自中世紀以來,基督教的告解,常被法定為真理的演示,或拷問靈魂的技術,權力也在告解儀式中展開。因此在此一儀式裡,性與欲望,也將在告解間被層層的檢查,或被迫自我的揭發。惟龍坤卻在詩裡反其道而行,藉由告解以告白,甚至「體現」了正身的出櫃:

　　　我父輩給我分享精液的權利
　　　無奈我只渴求精液
　　　歸去
　　　我隱形的子宮裡
　　　當愛人迫使我吞下的那刻
　　　我預料了聲帶

> 在告解之前會沙啞
> 因粘稠
> 而無法開口
> 父親啊，對不起
> 身體髮膚受之父母
> 每一次的吞下
> 將在我體內困成
> 制度

　　他的女性體感與性向（隱形子宮），不再繼承父親的男性特徵，也無法達到傳統娶妻生子的要求了。然而告解前的沙啞，卻仍然徵示著宣告出櫃的艱難，畢竟在保守的社會制度裡，出櫃也是需要絕大的勇氣。然而，不論出櫃或不出櫃，實際上，同志性向仍然真實存在，所以告解並不存在著任何的意義：「不用消化也約定成俗了／告解只是／某種迎合大眾的／形式」罷了。換言之，這首詩其實是以懺悔的方式，行「出櫃」的宣言，同時也以告解聲音，調侃了宗教霸權的體制與父權社會的抑制。故這是一首同志「現身」之詩，也可被視為一種柔性抵抗的宣示之作。

　　同樣的，在〈Yeah! 有死鴿〉一詩中，他經由尼采在《反基督》中對基督教的批判，尤其通過罪與愛，以「上帝／文明」之名，對人的生理慾望和道德倫理加以監視、壓抑和宰制的現象，引發出他做為同志主體與命運的沉思：

> 唉，死鴿在路上躺成永恆
> 烈日又得伸出巨腕

> 押走
> 在地上匍匐爬行的鮮血
> 羽翼染上深褐
> 彷似在天國裏與神相認時
> 展示的胎記

死鴿徵示著同志的遭遇，充滿著存在的艱難和掙扎，即使死後，依然要面對天國的審判。而且，還要被「後來居上的文明／再次碾碎」，而引發一切無關痛癢的路人駐足，與在臉書湊熱鬧寫下悼詞，然而這些，真的就能感受到一隻「死鴿」的悲哀嗎？對於死亡，對於神，對於重生的質疑等等，對詩人而言，其實都是一個個無告的告解。

是以，做為一名愛好和平的同志而言，龍坤在詩裡的陳述，可以說是寄託了他的存在哀涼。而題目中「yeah！」，發現死鴿的歡呼聲，其實是一種自我的嘲諷與戲謔，反映了在異性戀世界中，<u>重重規訓裡所存有的失落與感傷</u>：

> 他用手機把我的質疑拍下／仿佛訓誡我，祕密裏也有祕密／應該像信徒般安分守己

以及：

> 我將是另一隻／死鴿子

其實，做為一名同志詩人，龍坤比較在乎的是如何在詩中

呈現自我。一如美籍黑裔酷兒（Queer）詩人雪帕德（Shepherd Reginald）所提出的認同詩學（identity poetic）一樣，認為同志身分在詩中的操作目的，有時候並非純然以語言藝術為美學標的，而是想藉由詩，去讓更多讀者了解同性戀的存在狀況。因此，在詩中做真正的自己，明確自我的身分認同，才是最重要的。

所以綜觀《小三》，詩作者並不諱言同志情慾的流竄與浮沉。畢竟，像傅柯所言，一旦性被壓抑與禁止，或保持沉默，就注定了其等將被壓制在權力之下。是以，只有故犯禁行，才能置身於權力之外（或對立面），以展現主體應有的位階[1]。回過頭來看龍坤的詩，他對色誘與誘色，並無太大的禁忌，像〈色〉一詩中所傾訴的：

那些裸身的男人
將人魚線拋下
隨著慾念漲潮的光海裡
垂釣一雙
暢泳在淺睡期的眼睛

似乎突穿意淫的幻念，使情色的浮盪，在詩的身體內部醞釀了一股狂潮。最後，其詩必然的也將趨近性的禁區，甚至長驅直入那禁忌的場域去：

真話躲在舌頭下與謊言交媾

---

[1] 請參閱米歇爾‧福柯著，佘碧平譯：《性經驗史》（上海，人民出版社，2000），頁14。

>　風乾後的精液封印雙唇
>　流言佔據牙縫，口腔被強行外租
>　供判詞借宿一宵

那過程，粗言穢語與唾液齊流，血液與胃酸共沸，在情欲的煙花盛放之下，身體在法規的幽禁中，終於尋找到了自我的解放：

>　親愛的，走到最後
>　直腸仍舊通行無阻
>　肛門深鎖，祕密拘留
>　條文在法典的漏洞內勃起
>　一支支破門而入的木樁
>　此刻壯大
>
>　　　　　　　　　（〈經剛經〉）

是以，性在此似乎已成了詩人的法器，並以「經」文禱祝，盛載著他對自我性向認同的祕語。

　　故詩中有性，性中有詩，是龍坤在同志詩裡的一種演義，一種面對陽具權力進行頑抗的表述方式。而這種表述，往往又以嘲諷與自虐的姿態呈現。故詩裡的欲望流蕩，情愛橫溢，如在〈小說〉中的「你幹我或我幹你」之探詢，或面對傳統的父權生殖體制禁錮，而呼喝：「來幹我／用父輩延綿子嗣的姿態幹我」（〈用十種方式幹我〉）等，都是他在面對現實的粗霸，強權宰制與壓迫時的一種抗頡。這些詩中語言直白，然而卻頑強的，努力地釋放出一份自我的願力，以樹立同志身分與認同的性向，

同時,也由此去完成其詩的身體獻祭。

如果依據克莉斯蒂娃(Julia Kristeva)的話說,女性在進行書寫實踐時,其實也就是在進行一種革命的方式了。此話若移易到同志的書寫上,無疑也是可成立。尤其經由詩的創作,自可不動聲色的,展示出了同志主體的存在位置,並由詩句去突破傳統的網羅,以形成一個自由解放的空間。而龍坤在《小三》的詩集裡,不但解放了同志禁閉自我的意識,也解放了其長久禁錮於幽暗肉身的情欲。因此,經由他的這些詩,我們可以窺見,他的嬉戲、他的嘲諷和他的自虐,都存在著一種反叛的精神,一種帶著革命的書寫,一種邊緣的呼吶。因而,其之創作,也可以說是為此帶出了某種詩的存在意義了。

三、

可以預見,《小三》的出版,將會奠立其成為馬華同志詩的第一本詩集。然而,在審視其成為同志詩之前,它必須先要具有詩的特質,詩性的開展,不然充其量它就只是一本同志意識絮語,或感官欲望語言的書寫而已。

幸好在這方面,《小三》裡的許多詩,並無直白到一眼通透,淡然無味的地步。甚至有些詩的語言,頗見機巧,詩意盎然,如〈私心〉的「聽說你喜歡旅行/我偏不要吃成神山的體態/也不要腹瀉出一片大海,讓你揚帆」,或〈變心〉詩中寫的:「傷心的是/你的心/住滿了好多陌生的名字」,以及〈與刺蝟無異〉所表現:「連同你/和你置身的城市/都鎖進一滴雨」詩句等等,呈現了語言生動、諧謔的張力,想像豐富,以及譬喻鮮

活的特色,由此也可以見出其詩所表現的詩性影像之一斑了。

當然,從某方面而言,詩之成就,不僅只是語言的課題而已,其中也包括存在的場景和指涉的意向。而當代人寫當代詩,詩的當代語感和藝術表現,也是必須考量的重點之一。就如阿甘本(Giorgio Agamben)所說的,詩人有必要為自己的當代性寫詩,用自己處於當代處境的思想和情感詞彙,去焊接時代的脊骨。故具有同志感性／抒情的同志詩,自然也是當代詩話語之一。因此,在臺灣的新詩界,我們可以看到陳克華、鯨向海、羅毓嘉、葉青等人,經由自身經驗所所展開的酷兒視域和詩性空間,去掀起詩界與學界對同志詩相當的關注。而如今,在馬華相對保守的詩場域上,龍坤終於也排眾而出,並以其《小三》現／獻身,以己為祭,爆破了詩的道德邊界線,社會的禁忌,故而,其詩想必也會引來一些人的矚目與期待吧?

如今《小三》現身,以聲獻技,腔調婉轉,且具有其之任真率性的生命音色,這其實都是龍坤詩裡的存在情態,詞語的肉身。因此,不論是詩同志,或同志詩,這本詩集的出版,正標誌著他跨入馬華詩壇的一種姿態,或趨向成為一名詩人的無限可能。

詩情如水，笑色如花

——論張永修詩集《給現代寫詩》

　　最初讀到張永修（1961-）的詩，是在悄凌編的「文風」，那是一首題名為〈舞者〉的詩，作者署名藝青。讀那首詩時給我的感覺很好。抒情的旋律，迂迴的語意。有一份生命的躍動。我尚記得其中的幾句是：

> 我燃放如煙花
> 軀體就伸展成奪目的線條
> 套妳進入狂濤
> 隨我迎風抵雨

詩者的抒情，涵蘊著一種凝視自我的沉思，在明朗的詩句中徐徐前進，去展現歲月在青春峰嶺上迸裂而出的激情。那時我讀詩，只能夠用感覺來讀，談不上欣賞。記憶中，與那首詩同期刊登的還有商晚筠的〈定水無痕〉，鍾可斯、許子風和葉牙等人的一些詩作。好像是一九八四年一月十五日吧？那時，我不知誰是藝青，更不認識張永修。

　　一直到兩年後在吉蘭丹見到他，但覺人如其詩，溫文爾雅。抒情或許是他慣有的表現，像他談話時那般款款專注，轉折來去的都是他感情世界裡的聲音，常給我一種笑色如花的誤覺。那時期，他學舞蹈、學唱歌，偶爾寫詩，然而在鉛字堆裡盤繞的詩思

至終為他記錄了一段逝去的歲月,反而舞蹈和唱歌卻成了暗夜中遠去的夢。

後來他寄了一些給我賞讀,從粗略印象式的掃瞄下,卻讓我觸見了其詩背後所坦露的戀愛心理,和種種感情波動的軌跡。其實我是頗為不喜如此兒女情長的溫婉情緒,但永修的一些詩句,娓娓曲折,寫來令人驚喜,如:

我在長篇小說的情節
低潮轉捩處抬起眼
你如驚濤閃入我的眼廉

(〈約會〉)

白白的花像點點飛禽
剪著水聲
卻是一波接一波
你喚我的聲音

(〈豎琴〉)

晶瑩的意象,簡煉的詞句,像林花水荇,生動得碰擊人心。而他的聯想力,無疑成功的為感情世界鋪展了一幅美好的景象,也顯現了詩作者孜孜屹屹的的匠心獨運。像〈約會〉的第一段,頗似辛稼軒〈青玉案〉的「眾裡尋他千百度/驀然回首/那人卻在/燈火闌珊處」,一樣的情愁,一樣百轉千迴後驀然相見的驚喜,進入永修的筆下,卻是動感十足的「你如驚濤閃入我的眼廉」,為此辯證了浪漫如火的幻思。他後來的詩,都保持著類此的語勢與語態,以

詩情如水,笑色如花——論張永修詩集《給現代寫詩》

一貫的韻律,在抒情與意象的連結方式展現了其一致的脈絡。其中雖有一些敗筆,但總難於遁逃出其表現手法的統一性。

此後我下吉隆坡,偶爾在其雨林小站歇腳,陸續讀了他的許多詩作,如〈草圖〉、〈情問〉、〈睡姿〉、〈悼第一場雪〉、〈天鵝湖〉和〈色彩變奏曲〉等等,無可諱言,許多作品仍然泥陷在約定俗成的抒情模式中,吹奏著愛情的進行曲,框限了詩原有的主題,導致詩人永遠駐留在感情為上的年少,而無法在靜觀中去省思自我以外無限的世界。在這方面,永修相當熟稔的穿入抒情的節奏與意象之中,而展現出了精巧與充滿意境的詩作,如〈滿天星〉就是最好的例子:

  風穿過了妳的長髮打了結
  不理還好,一梳
  碎夢滿堂
  星星睡著,就像嬰孩
  均勻的呼吸輕輕點數
  星河裡的燈籠
  一閃一盞
  一閃一盞

雖然如此,但有時他也會有失手,而將詩寫得平淡及詩旨過露的,如〈毋忘我,每晨每夜〉:

  毋忘我,每晨每夜
  喚妳,毋忘我,在耳畔

在心底，都是妳的名字妳的影子
　　毋忘我

　　同是情詩，唯此詩與〈滿天星〉做一比較，深淺分明，高下立判。而情語需以轉折含蓄為佳，或如施補華《峴傭說詩》所強調的：「詩猶文也，忘直貴曲。」婉轉抒情，使人咀嚼再三，才能舌齒生香。要不然平淡無味，則就失卻了詩之為詩的雋永甘美了。所幸此類言情而流於浮泛鋪陳的詩並不多，他那那毫無矯飾的情緒，雖也泰半將自己的性情袒裎於詩中，但因其行筆凝煉，意象安排更張有致，往往能夠一反疏淺的語意，而指涉詩題的內涵，自塑詩情的蘊釀和婉轉，並留給了詩一份不可掩沒的餘音。我想，永修在這方面的表現，是相當令人激賞的。
　　此外，他也有幾首無涉於愛情的詩作，寫來意象鮮明，文字的運鑄盡在掌中，盡管題旨明朗，語句暢達，易於引導讀者透視其詩背後的思維遊戲，但從另一方面來看，棄除繁冗瑣碎種種現象的疊影，自也呈達了繁華脫盡，真淳自出之境，使詩在真切和靜謐中滲透到讀者的心靈去，而開出了一片天光雲影。我頗喜其〈睡姿〉一詩：

　　小時候總是安安份份
　　躺成一覺天明的煙囪
　　簡單的搖籃曲從囪口飄下
　　夢就在囪口上掛著朵朵棉花糖

　　詩人所存有的童真往往可以使詩質淨化，而顯現生命的真

詩情如水,笑色如花——論張永修詩集《給現代寫詩》

態。永修的〈睡姿〉卻盡量運用童話的語意進行思維的辯證與感悟的抒發。「躺成一覺天明的煙囪」、「搖籃曲從囪口飄下」及「躺成一覺天明的煙囪」輻湊貫通且清新可喜。其妙趣之處,不落言詮。但詩人並不甘循此思維去記錄表象的童年記憶。反而筆尖遁入生命的內省以證見成長的實象:

  而我漸漸睡成大人樣
  又不甘成為平凡的人
  也不滿大而無實
  於是攀起手蹬起腳
  要躦出煙囪上天摘星

及最後的一段:

  怎知摔下已不知天上人間
  扎手捆腳成石膏雕塑
  任人抬舉指點

詩中並無強說道理的贅言,或說明性的字眼,但哲思卻盡在浣亮的意象相互激盪中遞生。尤其末句「任人抬舉指點」,頗有畫龍點睛之妙。

  永修的另一首詩〈悼第一場雪〉,是寫他與父親的那一份感情,詩意含而不露,但所有的思念卻已在字與字之間,因飽滿而由內向外的爆發和迸裂無餘:

> 寒寒的雪插滿枝椏
> 你仍是健壯時最祥和的笑
> 叫我不哭不怕

　　詩人凝視自己內心對父親的想念與父親在其童稚所賦給他的關愛種種，貫穿歲月的走廊，回首的是一盞自蒼茫天色裡飄搖遠去的生命之火了。唯那份叫人勇敢無畏去面對人世橫逆的朗朗笑聲，卻是他記憶深處最溫暖的亮光，指引著他向未來踏步前去。詩人在此掌握瞬間的脈動以銘記存有，從至親的言談笑貌，一步一立走回去掇拾遺落在後的年月，最後只拾得「故鄉的記憶／是斑駁的路」二句。「雪」在詩中是死亡的象徵，而回憶卻通向存在的永恆，兩相辯證，推及了人世的幾許滄桑，也負荷著世事變遷的一份無奈。無可否認，永修的許多詩用字精簡，這首也不例外，這或許是其長久來當副刊編輯所訓練而成對文字的敏感度有關吧？這與時下散文化的詩，或與意象繁複紛杳並近於晦澀的作品，自也不可並舉而言了。

　　永修所處理的此類詩作固然佳作不少，像〈飛的聯想〉、〈松〉、〈色彩變奏曲〉，及〈火鶴花的記憶〉等，但不可諱言，其中也參雜了一些劣筆之作，如〈民主女神〉：

> 中國的民主迎向世界
> 中國的自由懷抱宇宙
> 民主女神，妳最好留在人民的心口

　　語句單調而跡近口號式的吶喊，這是詩家的最忌。從其創作

時間來看，此詩是作於六四之後兩天，縱觀當時許多哀悼六四的作品，均因一時的意氣或情緒的牽扯，而罔顧了詩所應有的表現手法，往往使得詩的表現僅止於情緒或意見的宣洩，以致無法從詩質的考察出發，建構詩的藝術特色。永修的〈民主女神〉無疑也是被膠貼在這種狀況之下，以致於不能舒展拳腳，還詩以詩的意象思維，使得詩句因此潰散成了宣言口號及淪為訊息工具了。

至於永修近期的作品，我尤喜其〈盾柱木〉一詩，詩中的感情圓融一體，醇厚如熟滿的果實，發出了晶瑩剔透的亮光：

> 如果下輩子是這樣的話
> 不能行動而且啞了
> 心碎成了綠葉層層
> 讓我，長成盾柱木一株
>
> 我安於一點雨露一點陽光
> 風是我天臺上低低的吟哦
> 而蜂群喜歡探戈
> 起落間碰落一地
> 是我精制烘焙的田蕊香絲
> 鄰居小女孩午後總來撿拾
> 流金暗綠當年
>
> 這樹老得漂亮
> 一天路過，你對老伴說

你也是

　　情感真摯，詩質稠密，表現手法凝煉含蓄。我們可聽見一種抒情的回旋及浪漫的憧憬經過歲月的淘洗後，流轉成一份生死不渝的聲音。這仿如《詩經》〈邶風・擊鼓〉中的「死生契闊，與子成說，執子之手，與子偕老」一樣，讓人在現代這愛情如遊戲的世界中，拾得一片欣喜。而詩中那句「鄰居小女孩午後總來撿拾／流金暗綠當年」，常使我讀得悵惘不已。不知人間歲月的小女孩，撿拾東逝如水的春華暗綠，是那麼的驚心動魄。無知與已知的歲月意象在此相遇相碰又互相激蕩，遞生了生命與生命的辯證關係。從盾柱木到小女孩及老伴，詩人感性的證見了愛情的淳真與美善。而最珍貴的愛情，是在白髮相牽的黃昏裡，這無疑也顯露了永修本身的愛情觀。

　　永修是多情的，就是因為多情，才能千帆過盡，執意於心中的那一帆唯一。我從他最早期的詩作中一路行來，但覺他的抒情有一份傳統的溫婉。雖然詩人是不一定要具有使命感，或如T. S. Eliot在他的〈傳統與個人才具〉（Tradition and Individual Talent）一文中所強調的「一個人在二十五歲以後如還要繼續寫詩的話，就必須具有歷史意識」那般，只是我想，詩人除了需勇敢的凝視自我內心的感情經驗外，也應要走入真實的生活當中，開拓詩更遼闊的天地。這是個人對永修責全的期待。畢竟，只有棄絕自我，才能走入眾聲的喧嘩中，去完成一個全新的自己。

　　永修囑我為其詩集寫序，面對其所寄來的四十一首詩，我極不願率爾操觚，或因朋友情誼而盡其吹捧。在文學的這條青苔路上，我只想當其諍友，如燈如鏡，真實的鑑照出他詩中的一片天

地。或許，在我論及其詩時有些地方顯得嚴格了點，但這也反映了我對他的一分期待，相信永修會瞭解的。

稿於臺南1994年5月4日

光在詞語中安居

——現代詩的詩意探尋

讀詩,總是需要某種尺度,以辨識／闡述一首分行作品,是否具有詩的元素,而可稱之為詩,或純只是散文散句,借分行之列,魚目混珠假冒為詩;或以跳躍語意,斷裂詞彙,通過晦澀風格,敷衍詩義的玄奧,以致令人炫惑於詩藝的展現,而莫知其乃詩或非詩。因此,常聽到有人詢問,何謂是詩?

何謂是詩?似乎是存之於新詩伊始的謎語。如五四時期胡適所強調的,新詩必須「明白如話」,也提及「需用具體而避抽象」的寫法與「音節自然」功效,以呈現出詩的韻味來[1]。由此可以窺見,胡適在提倡新詩之時,已經注意到了新詩的形成,脫離不了「語言」、「意象」和「節奏」的詩意空間展現。雖然,他在這方面的論述,是置放在提倡白話文的基礎上開展出來的一套初淺作詩理念,但大致上,新詩的創發,卻一直以來離不開這三大元素組成,不論後來聞一多和新月詩派所倡導和實踐的「新格律詩」,或新格律詩倡導者們試圖回復古典詩歌那份因語言蘊藉、精煉和含蓄所獲得的獨特美感,以反撥胡適「明白如話」的

---

[1] 胡適在〈論新詩〉一文中,認為作詩方法,「需用具體的作法,不可用抽象的說法。凡事好詩,都是具體的;越偏向具體的,越有詩意詩味。」,至於對新詩的音節,其指出新詩的節奏需靠「語氣的自然」和「句行間的和諧」,並經由內部組織如層次、條理、排比、章法、句法等演繹而成;句末有韻無韻均可。相關觀點,參見胡適著,趙曼如編:《胡適作品集3:文學改良芻議》(臺北:遠流,1986年),頁198。

語言表現,並突出了音樂性和語言構成的詩意表現,都是在這面向上為新詩尋求一個詩質的提升。

即使後來一些詩人對新格律的修正,強調語言和諧自然下,音律內化的節奏感,更能撼動人心,而非形成外在格套式音節所能比擬。如王獨清的作詩公式法:「(情／力)+(音／色)=詩」,以此闡明詩人內在性向和情感認知所形成的音律和語言是難以割分,不論以口語為中心,或言文一致,詩人的精神氣質和情感向度,還是往往決定了其詩中語言音色的表現。易言之,新詩自是無法回到古典詩那樣以格律作為體系的形式呈顯,而只能在自由體中,以詩人的情感和生命氣度,形成詩歌語言的內在節奏,並由此組構出詩的詩性空間來。

同樣的,新詩語言的追求,從「話怎麼說便怎麼寫」,到徐志摩等詩人「語言歐化」的變化,或文白的交雜淬鍊,口語化寫作的呼求等等,都是詩歌言說的種種試探;在此,新詩語言的遷更,幾乎可以視為新詩史重要的進程。然而綜觀所得,新詩每遇到進入淺白外露的表現時,就會被要求含蓄蘊藉,可是一旦過於含蓄而深至艱澀難懂時,則又會要求改成淺顯明朗,而在這方面,詩語言往往是被要求改造的首要元素,由此,可以窺探出其間詩歌語言更遞角力的演繹,是如何的政治性。而口語的當下(鮮活)性和書面語的固定(典雅)化,兩相交錯,無疑徵示著詩歌語言的相互對峙,以求通過藝術表現手法的加工,讓詩意能從中敞開。

但在這裡卻必須面對一個提問,詩歌的節奏和語言形式,就能彰顯詩意(Poetic)的特質了嗎?以及一首詩有沒有詩意,是由誰來確定?或換另一句話說,詩意是否有其特有的判定標準?

在回答這個問題前,首先必須從一般定義上來看,何謂詩

意?若根據《現代漢語大辭典》的解說,詩意是:「詩的內容和意境」,以及「通過詩的方式呈現,讓人產生美感的意境」[2]。由這兩項解說,可以窺探出「詩意」是與「意境」有著密切的關係。惟「意境」之說,誠屬中國古典美學的理論,具有道家意識的藝術思維,強調情景相融,意象渾然的瞬間之感。如王國維在《人間詞話》所提出的「意與境渾」說,即強調物我和諧統一,主客泯化的狀態,由此而成其為「無我之境」論[3]。這樣的「意境」美學,還是要歸入虛靜之心,才能展現出來。就像蘇軾在〈送參寥師〉一詩所云的:「欲令詩語妙,無厭空且靜。靜故了群動,空故納萬境」[4]。在此,物各其性,使得萬物都能納入自然之中而成為自然,這樣才能達到「意無窮」的境界。當然,就某方面而言,這樣的詩境,對古人來說,實是一種寫詩的理想。

然而,自有新詩以來,「意境」很少會被涉及,畢竟現代的傳意,不若古典的情境,生活狀態,也不似古代那般具有可以常與自然融合無間的文化空間,或神思靈動,即可進入事事無礙,萬物自得的生命世界。新詩,尤其現代詩,在當下的現代語言

---

[2] 《現代漢語大辭典》,(北京:漢語大辭典出版社,2000年版),頁357。
[3] 「無我之境」說,見王國維:《人間詞話》,即「無我之境,以物觀物,故知不何者為我,何者為物。」在此,主客已經融合為一了。南寧:廣西教育出版社,1990,頁6。
[4] 蘇軾:〈送參寥師〉,見王十朋集注:《集注分類東坡先生詩》,卷21,《四部叢刊初編》,頁952。其全詩為:「上人學苦空,百念已灰冷。劍頭惟一吷,焦谷無新穎。胡為逐吾輩,文字爭蔚炳。新詩如玉雪,出語便清警。退之論草書,萬事未嘗屏。憂愁不平氣,一寓筆所騁。頗怪浮屠人,視身如丘井。頹然寄淡泊,誰與發豪猛。細思乃不然,真巧非幻影。欲令詩語妙,無厭空且靜。靜故了群動,空故納萬境。閱世走人間,觀身臥雲嶺。鹹酸雜眾好,中有至味永。詩法不相妨,此語當更請。」

裡，需要去面對一個全新的景觀、生活經驗和存在情景。故自有其歷史和時代語境，不論思維、感覺和表達方式，全然與古代迥異，因此「意境」在現代詩裡，早已被轉化成為「現代意象」的呈現，如三十年代施蟄存在《現代》所陳述的，指出現代詩是一種「現代人在現代生活中所感受的現代情緒，用現代詞藻排列成的現代詩形」[5]，故它的詩意獲得，不是來自於外在的形式，而是「現代意象／精神」背後，所含蘊的現代意識之深層結構。最好的例子，其實可見於五十年代末，那群被放逐於臺灣島上外省詩人群裡，如洛夫的詩作：

我確是那株被鋸斷的苦梨
在年輪上，你仍可聽清楚那風聲、蟬聲

（洛夫〈石室之死亡〉）

那被強加鋸斷和隔離的苦梨（以梨之諧音喻指離），呈現了禁錮歲月中的傷痛、苦悶和孤絕，不論肉體或精神的流放，都表現出了詩人存在處境的一份頓挫。詩中的意象，不論是苦梨、年輪、風聲或蟬聲，都蘊涵了歷史記憶和創傷的悲痛，此一情緒，無疑形成了一種獨特的詩性空間。而這樣的詩，只有被置於那個特殊時代，才能凸顯出其之意義和感染力來。

---

[5] 施蟄存在〈關於本刊中的詩〉中提及，現代詩要反映的是現代人的生活、場景和存在情緒，因此，不論是「匯集大船泊的港灣」，或「轟響著噪音的工廠」，還是「奏著爵士樂的舞廳」等等都會場所和生活現象，都是詩中重要的題材；即使是描繪鄉村田園的意象，也都涵蘊著現代的情感，這樣的情境，自然與古典詩歌「以物觀物」和「目擊道存」的構思方式不同了。見《現代》雜誌，四卷一期，1933年11月，頁2。

同樣的，商禽以散文形式所呈現的詩作〈長頸鹿〉，即透過人物心理扭曲和變形的存在狀態，展示了生命在禁錮中無可逃避和逃脫的悲涼處境：

> 那個年輕的獄卒發覺囚犯們每次體格檢查時身長的逐月增加都是在脖子之後，他報告典獄長說：「長官，窗子太高了！」而他得到的回答卻是：「不，他們瞻望歲月。」
>
> 仁慈的青年獄卒，不識歲月的容顏，不知歲月的籍貫，不明歲月的行蹤；乃夜夜往動物園中，到長頸鹿欄下，去逡尋，去守候。

在此，「監獄」、「動物園」隱喻了國家，「長頸鹿」和「獄卒」成了國家體制下所壓抑和互相折磨的人，加上歲月所鏈結的容顏、籍貫和行蹤等等意象，在超寫實手法的處理中，展示了此詩在意／境表現上的獨特性。是以，在這一代詩人的創作裡，詩意的呈現，不再是重複那份飽滿自足，或寧靜致遠的自得之境，反而是形成一種顛覆、斷裂、陌異化，以及對生命真相揭顯的可能。

所以在現代詩裡，詩人能更自由的選擇詩意的開展，並因應著各自不同的時代和語境，以各種技藝和修辭手法，去展現詩作中詩意的想像和生成。例如，對強調文字簡潔和情感含蓄的意象派（Imagism）[6]而言，意象的本體，乃屬詩意的蘊發，其

---

[6] 「意象派」崛起於1909，主要代表人物有龐德（Ezra Pound）、埃米・羅偉爾（Amy Lowell）等人為代表詩人。他們主要是為了反撥象徵主義和浪漫主義所結合的新浪漫主義詩風（感傷情調）。在詩歌的表述上，強調藝術的凝鍊和客觀性，要求文字簡潔，感情含蓄，意象鮮明具體為主。

之情感和內容思維的形象化，具有一定的吸引力。像龐德（Ezra Pound）的名作〈地鐵站〉：

這些面龐從人群中湧現
濕漉漉的黑樹幹上花瓣朵朵[7]

地鐵站中突然從黑壓壓一片人潮中湧出，一些美麗亮眼的臉龐，引發詩人的聯想，讓他想起的，卻是充滿著詩意的「濕漉漉的黑樹幹」和「樹幹上的花瓣朵朵」，那種映現著視覺性的亮麗情景，在瞬間照面裡，也打開了詩人對希望的渴求。而詩中現實繁忙的地鐵站，呈現了都市的日常庸碌，相對於心靈對自然美好的想望，無疑形成了詩最大的張力（tension）。而詩意，亦在兩種情態的對比中漫開。

因此詩意的傳達，未必如傳統的定義，需要優美雅致的修辭來加以支撐，即使在口語表述中，亦可窺見詩意的蹤跡。固然，要以口語的簡白如話，或回復到胡適所謂的「話怎麼說就怎麼

情感瞬間涵蘊於意象中的表述，與象徵主義依據聯想，通過兩個代號（如a是b的代號，桃花是人面的代號）進行連接的方式不同，以及達成意象的統一性（a即a，桃花就是人面，故桃花和人面有機的結合一起）。但完全以意象言說，難免會造成晦澀之感，以致「意象派」從確立（龐德在1912年定名「意象派」）到結束，只短短五年而已。但意象的表現技巧，如意象層疊、意象並置、含蓄和文字精簡等等，卻被現代詩因襲過去，成了現代詩的特色之一。參見鄭敏：〈意象派的創新、局限及對現代詩派的影響〉，收入氏著：《詩歌與哲學是近鄰：結構和解構詩論》（北京：北京大學出版社，1999年），頁97-112。

[7] 龐德：〈地鐵站〉（*In the Station of the Metro*），原詩為："The apparition of these faces in the crowd / Petals on a wet, black bough"，見彼德·瓊斯編：《意象派詩選》（重慶：重慶大學出版社，2015年），頁43。

寫」那類「我手寫我口」的詩作表現，難免會扔棄詩的節奏和意象營造的詩質，甚至成了嘮叨瑣碎，以致最後落入了類似「梨花體」和「烏青體」[8]的詩歌寫作危機中。故陸志韋在1923年就曾針對口語詩作出了批判，認為詩若「明白如話」，則「我們說話就夠了，何必作詩？」，在他認為，詩的美必須超乎一般語言的美之上，「必須經過鍛鍊的功夫」[9]。換句話說，口語詩，仍然還是需要經營，而非隨口而出。在這方面，臧克家為了紀念魯迅而寫的名作〈有的人〉可以做為討論的例子。此詩長久來為人所傳誦，固然是因為其語言的淺顯，如口語，但卻非隨意而出，而是有所營構，其中最具感染力的，是其隱含於詩句中那有機的，直指人心的思想質地：

有的人活著
他已經死了

有的人死了

---

[8] 「梨花體」是網路大陸詩人趙麗華的新詩體的謔稱，取其諧音，「麗華」為「梨花」，謔言其詩將普普通通的幾句口語，分行分段成新詩形式為口水詩、垃圾詩。這些在2006年被貼到網路上，而被取笑的詩作，其中有〈一個人來到田納西〉：「毫無疑問／我的餡餅／是全天下／最好吃的」，或〈我終於在一棵樹下發現〉：「一隻螞蟻／另一隻螞蟻／一群螞蟻／可能還有更多的螞蟻」等。至於「烏青體」則是在2012年網路上有人貼出一位先鋒詩人烏青的一些詩作，如〈對白雲的讚美〉：「天上的白雲真白啊／真的，很白很白／非常白／特別白特白／極其白／賊白／簡直白死了／啊」等，並被謔為「廢話體詩歌」。顯見「口語詩」的為詩不易。

[9] 見陸志韋：〈我的詩的軀殼〉，《渡河》（北京：亞東圖書館，1923年），頁18。

他還活著[10]

　　詩中對「肉體／精神」的語意對比：「活著／死了」和「死了／活著」，形成了詩裡強烈的張力，而這張力不是源自於修辭的優美和典雅，而是經由兩種人的兩種對照，衍生出其詩中的思想力量。大致上，這四句詩語言直白，卻蘊意深刻，無疑也反撥了意象派強調意象作為詩意表述的可能。因此意在言外，詩在言外，口語詩要成為詩，必要具有詩性的元素，要具有詩想，才有可能形成詩的詩性空間，成為具有詩意迴盪的詩。但若無經過鍛鍊，則任由口語的隨意性隨意而出，勢必將會把詩歌帶向了「非詩」的困境去。

　　即使在2014年網路突然爆紅的小詩〈大雨〉，看似完全以口語入詩，但其間仍然還是可窺出詩作詞句的選擇和安排，而非隨口而成。在此，舉列其詩如下：

　　　　那天大雨，你走後
　　　　我站在方園南街上
　　　　像落難的孫悟空
　　　　對每輛開過的出租車

---

[10] 臧克家〈有的人〉是為魯迅逝世十三周年而做的詩。全詩為：「有的人活著／他已經死了／有的人死了／他還活著／有的人騎在人民頭上：『啊！我多偉大』／有的人／俯下身子給人民當牛馬／有的人／把名字刻入石頭，想不朽／有的人／情願做野草，等著地下的火燒／有的人／他活著別人就不能活／有的人／他活著為了多數人更好地活／騎在人民頭上的／人民把他摔垮／給人民做牛馬的／人民永遠記住他／把名字刻入石頭的／名字比詩首爛得更早／只要春風吹到的地方／到處是青青的野草／他活著別人就不能活的人／他的下場可以看到／他活著為了多數人更好地活著得人／群眾把他抬舉得很高，很高。」

　　　　都大喊：師傅……[11]

　　整首詩結構簡單，不押韻卻內含語氣的節奏感，鮮活的呈現出了當下離別（友人或愛人）的情緒和感受。語言也相當淺白，不注重詞藻，然而卻充滿著幽默機巧，如諧擬落難於茫茫人間的「孫悟空」，在淋漓的大雨中，無助地對著出租車大喊「師傅」（師父），而省略了後面的「救命」，頗能博人會心一笑，卻也同時留下了情人／友人分手後悽惶的餘韻。故由此窺之，此詩之詩意在語言之外，情感卻含蘊於語言之中，相當形象化的將詩人當時的現身情態呈顯了出來。

　　總而言之，詩意並非一定要有鮮明和感人的意象，在審美現代性的指向上，它因應著不同時代的情態和語境，在不同的創作實踐過程中，會呈現出不同的詩意表現來。因此，有些詩歌即使缺乏節奏或韻律，仍不失其詩意的展開。故節奏作為一種詩歌的隱喻系統，在詩學體制裡，有時候會因某種變革，而被擱置，或隔離，以進行改革、顛覆和汰換。同樣的，在傳統詩學意義下的詩意美學，以清俊、幽美和典雅的修辭／藻飾作為詩歌語言的判准，或以書面語言做為詩歌語言和詩意的進路，以求取含蓄和精煉，然而一旦面對到口語化的翻轉，或後現代語言的顛覆，則原有的語言詩意將會瓦解，甚至從詩中被驅逐出去。像唐捐近期的詩作，以諧擬、以臺語、以語言的破格和惡搞，以扭曲和醜怪化，對詩進行了反詩意、

---

[11] 這首短詩的作者是曹臻一，乃八十後文青，曾以冉虫虫的筆名寫作，著有小說《不在限制的前方》和短詩《超級月亮》。2014年9月1日有微博網友貼出了這首詩，短短兩天，此詩在中國大陸的微博、微信等瘋傳，紅極一時。而女詩人，卻是隱居貴州深山燻製火腿，並在淘寶售賣。

反美質的工程即為一例,如〈無厘頭詩‧殺蜜〉一詩:

>爛的
>不只蘿蔔
>腐鼠也有微痛的說
>
>殺蜜
>暗爽都你
>阿得內傷就我[12]

呈現了一種語言混雜、惡搞和笑謔的特質,且將詩意驅逐出了他的詩外。同樣的,這類詩歌,也出現在以支離、破碎和自謔為樂的廖人(廖育正)之《廖人詩集》中,如:

>廖人折斷廖手
>把斷掉的手臂
>丟在空中丟丟丟
>
>廖人在臺下
>為廖人拍手──[13]

陌生化的語言,陌異化的語義,怪誕的情景,讓詩集中的許多詩,

---

[12] 唐捐:《蚱哭蜢笑王子面》(臺北:疊樓出版社,2013年),頁14。
[13] 見廖人:〈為廖人拍手〉,《13:廖人詩集》(臺北:黑眼睛文化,2014年),頁137。

跳脫了詩原有的格套，而形成了廖人詩作中，獨特的詩意表現。

易言之，這些詩作與其前輩們在詩裡所追尋的詩意是不同的，他們拋棄了典雅、飽滿的意象，含蓄蘊籍的語言和詩的韻律／節奏感，以期為現代詩尋找出不同的詩意表述和聲音來。所以，從這方面來看，在革故鼎新的意識之下，詩意的探尋，總是有著不同的創意要求。而近這五年來，蘇紹連所提倡的「無意象詩」，強調如果詩的意義性可以在無意象之下成立，則將做為具有比喻和象徵的意象，捨棄也無妨[14]。這說法，無疑顛覆了詩的具象化要求，或胡適所謂的「需用具體而避抽象」的寫詩手法。這類詩作有點像宋詩捨棄形象思維的說理詩一樣，以抽象詞彙鋪衍詩作，用虛實詞性的轉義，置入詩中，以去呈顯出詩中的現象、思想和主題。此一詩學提出，並以創作實踐之，自也挑戰了現代詩的意象詩學知覺，在詩語言表述上，給出了另一條創作的蹊徑。

但這些詩以新奇和陌生化的方式展現，往往也只是短暫性，因為詩的形式在熟爛並成了俗套後，就必須尋求更新，更新後形成熟爛，又再次更新，因而在此形式不斷創新的理念循環下，詩的創作將完全走入形式自我辯證的創作中，而陷進了形式主義的迷宮裡，而「詩何以為詩」，仍然是一個無解的謎團。（對現實主義詩學而言，他們比較注重的是詩的現實主題和意義，至於形

---

[14] 蘇紹連在2011年1月即在吹鼓吹論壇大力提倡「無意象詩」的創作，並在2011年9月出版的《臺灣詩學・吹鼓吹詩論壇13號》「無意象詩・派」發表了「無意象詩・論」〈意象如何？如何無意象？〉，其中提及了「無意象詩」的特點在於「用現象代替形體」、「用抽象名詞替換形體名詞」、「主詞用形容詞或動詞擔綱」、「用語境讓形體失去具象意義」等等，以期在無意象詩的創作上，能夠開發詩的另一種詩性和創意，頁22-45。

式的新奇,語言的機巧華麗,則非創作時關注的焦點了。)

是以,詩的詩意可以說是屬於流動式的,難以判定。因為在不同時代,不同場域,不同詩學理念,或不同讀者,以及在不同語境之下,詩意的追尋,都有著他們各自美學趨向的認知,而詩意的想像,也並不盡然相同。所以,如果我們認同卡西勒(Ernst Cassirer)的話,即詩歌的創作思維是屬於一種感性而神祕的思維[15],則在這神祕思維下,詩意的探索,無疑也就無法用一種方式來加以標籤了。舉例而言,對於現實主義詩人,當他們面對以挖掘個人內在生命奧祕的(後)現代詩作時,總會覺得那些詩作晦澀難懂,或只在語言形式與技藝上戲耍,卻無法以明朗的風格,捕捉社會現實的種種現象,並呈現出現實詩質和詩意來;而對於不同主體的詩意想像者(或讀者),也基於經驗、思維和美感認知程度不同,因此在美學的接受上,也會出現不一樣的詩意認知;同樣的,傳統詩意的追尋,和現代詩意的捕捉,以及後現代詩意的拼貼、語法斷裂、文體混合,以及無意義式的漫衍,也存在著相當大的迥異,不能等而觀之。因此,若以古典的詩意美學,或以意境、境界等,對現代詩和後現代詩創作進行判準,或分其優劣,則這勢必造成詩人們很大的困擾。

可是,回歸到詩的審美本質,還是可以發現,以強調情感展現和抒情的詩作蔚為大宗。因為主體詩意的棲居,是具有生命的存在感的,而非理性,或理性工具所能取代。因此詩的語言,也與實用語言有別。另一方面,詩意的認知,卻因各自語境和審美觀的的不同,必也產生了各自不同的認定和看法。這一如波赫士

---

[15] 卡西勒著,干曉譯:《語言與神話》(臺北:桂冠出版,2002年),頁45-46。

（J. L. Borges）在《談詩藝錄》中所說的，寫詩有很多種方法，但這都不是問題，因為唯有能讓人讀了而引起內心產生震撼的詩（不論其語言是平淡樸實或精心雕琢），才是真正的好詩[16]。換句話說，只有真正能打動人心的詩，才能在讀者的心中長存。

　　因此，就暫時忘掉有關「詩意」和「非詩意」的文學審美／政治選擇吧，坐下來，好好讀一首詩。而讀詩過程中，若能被所讀的詩（句），碰觸到生命／內心最深處，而引發內心的共鳴和震撼，則如波赫士所說的，那就是意味著，你已經讀到了一首可以照亮生命之光（對閱讀者而言）的好詩了。

---

[16] 波赫士著、陳重仁譯：《波赫士談詩論藝》（臺北：時報文化出版，2001年），頁24。

發表與刊登出處

1. 拼貼「馬來西亞」——馬華詩歌中「地景」的想像與建構
   - 2012.11.02-03，「【地景、海景與想像】國際學術研討會」，國立中山大學人文研究中心。
   - 收入於王儀君、楊雅惠、張錦忠等編《旅遊文學與地景書寫》，國立中山大學出版，2013.08。
   - 《詩學》第十三輯轉載，2020.6，呂進／熊輝主編，巴蜀書社出版。

2. 地景的再現——論吳岸詩中砂勞越的地誌書寫
   - 2012.10.20-25，「第九屆東南亞華文文學國際學術研討會」，廈門大學東南亞研究中心。
   - 刊登於《紹興文理學院學報》第33卷1期，2013.02。

3. 「時代的聲音？」——作為八〇年代後馬華「現實詩學」創作的一個省思
   - 2012.07.07-08，「【時代、典律、本土性】馬華現代詩歌國際學術研討會」，拉曼大學。
   - 收入於辛金順、李樹枝主編《時代、典律、本土性：馬華現代詩國際學術研討會》：拉曼大學出版，2015.05。

4. **擬象與轉繹**──論六、七〇年代臺灣現代詩對馬華現代詩的影響
   - 2014.05.15-16,「【文學傳播學】國際學術研討會」,國立東華大學華文系所。
   - 刊登於《香港文學》3月號。總第411期,2019.03。

5. **告別諸神的黃昏**──論李宗舜詩集《笨珍海岸》的日常生活
   - 刊登於《香港文學》月刊327期,2012.03。

6. **古典之懷,時間之悼**──論雷似痴詩集《尋菊》中的古典想像
   - 刊登於《香港文學》月刊332期,2012.08。

7. **死亡,以及一些存在的聲音**──論黃遠雄詩選(2008-2014年)的詩作
   - 刊登於《南洋商報》「南洋文藝」副刊,2016.6.7-14。

8. **叩門的回響**──論沙禽詩集《沉思者的叩門》
   - 刊登於《星洲日報花蹤文學特刊》,2017.6。

9. **詩的最初儀式**──讀賴殖康詩集《過客書》
   - 刊登於《南洋商報》「南洋文藝」副刊,2016.11.22-29。

10. **同志腔調:詩身／聲獻技**──論黃龍坤詩集《小三》
    - 刊登於《季帶風》季刊,第九期2018.12。

11. 詩情如水，笑色如花——論張永修詩集《給現代寫詩》
   - 刊登於《南洋商報》「南洋文藝」，1994.5.18。

12. 光在詞語中安居——現代詩的詩意探尋
   - 發表於臺灣明道大學「2016年東南詩會」研討會，2016.9.28。
   - 收入《島與半島的新詩浪潮》，臺北：萬卷樓，2016。

語言文學類　PG3113　文學視界151

馬華當代詩論
——地景、擬象與現實詩學

作　　者 / 辛金順
責任編輯 / 孟人玉、吳霽恆
圖文排版 / 陳彥妏
封面設計 / 王嵩賀

發 行 人 / 宋政坤
法律顧問 / 毛國樑　律師
出版發行 / 秀威資訊科技股份有限公司
　　　　　114台北市內湖區瑞光路76巷65號1樓
　　　　　電話：+886-2-2796-3638　傳真：+886-2-2796-1377
　　　　　http://www.showwe.com.tw
劃撥帳號 / 19563868　戶名：秀威資訊科技股份有限公司
　　　　　讀者服務信箱：service@showwe.com.tw
展售門市 / 國家書店（松江門市）
　　　　　104台北市中山區松江路209號1樓
　　　　　電話：+886-2-2518-0207　傳真：+886-2-2518-0778
網路訂購 / 秀威網路書店：https://store.showwe.tw
　　　　　國家網路書店：https://www.govbooks.com.tw

2025年1月　BOD一版
定價：300元
版權所有　翻印必究
本書如有缺頁、破損或裝訂錯誤，請寄回更換

Copyright©2025 by Showwe Information Co., Ltd.
Printed in Taiwan
All Rights Reserved

讀者回函卡

國家圖書館出版品預行編目

馬華當代詩論：地景、擬象與現實詩學/辛金順著.
-- 一版. -- 臺北市：秀威資訊科技股份有限公司,
2025.01
　　面；　公分. -- (語言文學類；PG3113)(文學視界；151)
BOD版
ISBN 978-626-7511-44-2(平裝)

1.CST: 海外華文文學　2.CST: 詩學　3.CST: 詩評

850.951　　　　　　　　　　　　　113018440